Ulrich Göpfert
Max der Gratulant

AF175379

HML·MEDIA
EDITION

Ulrich Göpfert

Max
der Gratulant

Geschichten

aus dem Coburger Land

Bibliografische Information der Deutschen Nationalbibliothek:
Die Deutsche Nationalbibliothek verzeichnet diese Publikation in der Deutschen Nationalbibliografie; detaillierte bibliografische Daten sind im Internet über http://dnb.dnb.de abrufbar. Herstellung und Verlag: BoD – Books on Demand, Norderstedt

Impressum
1. Print Auflage | Januar 2021
Copyright ©2021 Autor Ulrich Göpfert
www.ulrich-goepfert.de
und Literarische Agentur HML-Media Nürnberg
Siemensstraße 47, D-90459 Nürnberg
Herausgeber: HML-MEDIA-EDITION
www.hmlmedia.de
Cover©2021 Niklas-Philipp Gertl, Wien
www.ebook-illustration.de
Layout: Harald M. Landgraf
Lizenzvergabe auf Anfrage.
Nachdruckdienst HML-Media Nürnberg
Alle Rechte vorbehalten!
Herstellung und Verlag:
BoD - Books on Demand, Norderstedt
ISBN: 978-3752899641

Inhaltsverzeichnis

ALS DER STRICK DES HENKERS RISS

Eine Erzählung aus dem 30-jährigen Krieg

Über 20 Jahre tobte nun schon der furchtbare Krieg. Die Schrecken, die er mit sich brachte, Hunger, Not, Elend, Plünderungen, Krankheiten, Raub und Mord führten zu einer Abstumpfung des Gefühlslebens. Zu dieser Zeit galt ein Menschenleben nichts oder nicht viel. Ja, es bereitete Freude, einen Menschen qualvoll leiden und sterben zu sehen. Hinrichtungen, besonders die Hexenverbrennungen, wurden zu Volksfesten. Mitten in dieser Zeit der Verrohung und Grausamkeit erscheint dieses Ereignis wie ein Funken noch nicht ganz verloren gegangener Menschlichkeit:

Am 30. Dezember 1639 sollte der desertierte Soldat Hans Hoder aus Eickelshausen, dessen Vater Förster bei Römhild war, auf dem Markt gehenkt werden. Der Scharfrichter hatte ihn schon von der Leiter weggestoßen, da riss der Strick entzwei und der arme Sünder fiel vom Galgen auf das Pflaster des Marktplatzes. Hier lag er einige Zeit still, dann kam er wieder zu sich und schaute verwundert um sich. Der Rechtsordnung der damaligen Zeit entsprechend wurde er von seinen Banden befreit. Als man ihn fragte, wie ihm gewesen sei, antwortete er, er hätte gedacht, er wäre im Himmel. Als er dann die Musketiere sah, hätte er sich sehr gewundert, dass es im Himmel auch Soldaten gibt.

Quellenhinweis: Walter Schneier

BARON KARL VON ROEPERT

Episoden aus seinem Leben

Einige von zahlreichen Episoden aus dem Leben von Baron Karl von Roepert, die aus der Feder des unvergessenen Heimatschriftsteller *Emil Herold* aus Neustadt bei Coburg stammen.

Zu den volkstümlichen Gestalten des Coburger Landes gehörte der Baron Karl von Roepert. Anno Siebzig hatte er sich das Eiserne Kreuz geholt, war dann Gardeleutnant und Adjutant des Kronprinzen Friedrich geworden und dann war er zum einfachen Forstassistenten abgeglitten. Eine schwere Tragödie stand bei diesem Mann zwischen seiner Leutnantsuniform und dem schlichten grünen Hut des Forstassistenten: die Verlobung mit einer Millionärstochter und die Entlobung. Dem schneidigen Leutnant hatten sich die Juden noch so aufgedrängt und an die Hunderttausend in bar.

10

Als dann plötzlich die Verlobung zurückging, stand der Baron mit seinen Schulden da und musste die Uniform ausziehen. Nun nahm sich der Herzog Ernst II. seiner an. Die Schulden des Barons hätte er auch nicht zahlen können. Er stellte den Leutnant als Forstassistent mit einem Monatsgehalt von 120 Mark an. Das war unpfändbar. Sollten die Juden sehen, wie sie zu ihrem Geld kamen. Roepert musste bei dem kleinen Gehalt natürlich Schulden machen. Und die bezahlte ihm der Herzog von Zeit zu Zeit aus seiner Privatschatulle.

Baron Roepert war da wie Till Eulenspiegel, verlogen wie Münchhausen, derb wie Boccaccio und hatte Schulden wie ein Major, und war doch ein prächtiger Mensch, den alle gern hatten, die mit ihm verkehrten, auch wenn sie nicht sicher waren vor einem seiner Pumpversuche. Roepert war ein so schlechter Forstmann, wie ein schlechter Jäger. Getroffen hat er nichts. Es sei denn, den Nagel auf den Kopf.

Der lange Keller

Es war wieder bei einer Hofjagd. Dem Herzog fiel auf, dass der Graf von Keller fehlte.

»Wo ist denn der Graf Keller heute?«, fragte er den Baron von Roepert.

»Der wird wohl einen Schnupfen haben, Hoheit!«

11

»Jetzt Schnupfen? Bei dem schönen Wetter?«

»Ja, Hoheit, bei dem langen Kerl dauert`s halt lang. Wenn der im April nasse Füß` hat, kriegt er seinen Schnupfen auf Pfingsten.

Kriegserlebnisse

Als Veteran von 1870 (Leutnant) gab Roepert manchmal von seinen Kriegserlebnissen etwas zum Besten. Man vergesse dabei nicht, wie er bei der Riesengestalt, mit den großen Augen und großem Schnurrbart, der stets ernsten Miene und dem tiefsten Bass in der Stimme sowohl die Zuhörer in größter Spannung hielt, als auch die Wirkung der meist scherzhaft endenden Erzählungen bedeutend erhöhte. So schilderte er den Beginn der Schlacht bei Wörth folgendermaßen: »Die 3. Armee stand kampfbereit bei Wörth den Franzosen gegenüber.

Schon donnerten lebhaft die Kanonen auf beiden Seiten, Flintenschüsse und Signale der sich nähernden Vorposten wurden immer häufiger, eine tiefe Erregung ging durch das ganze Heer in Erwartung der Ereignisse. Da ritt der Oberbefehlshaber S. Kgl. Hoheit Kronprinz Friedrich Wilhelm (der spätere Kaiser Friedrich III.) vor die Front und rief laut: »Ist der Roeperts Karl da?«

»Zu Befehl, Kgl. Hoheit!«, erwiderte ich respektvoll.

»Nun, dann kann die Schlacht beginnen!«

Derber Humor

Roepert konnte in seinem derben Humor manchmal auch sehr derb werden. Ein Arbeiter klagte ihm einst, dass ihn sein Hund so oft auf der Straße durch Anbellen belästige, ihn immer umlaufe, ja ihn oft anspringe. Roepert sah sich den Mann näher an, der durch seine ungewöhnlich nach oben gestülpte Nase allgemein auffiel und daraufhin viel verulkt wurde, tröstete ihn mit der Harmlosigkeit seines Hundes und meinte schließlich ernsthaft: »Der Hund ist jedenfalls nur deshalb so auf dich, weil er deine Nase für eine Hundshütte hält!«

Kuhkäse

Bei seiner früheren Stationierung in der Gegend von Sonnefeld war Roepert öfters nach dem bekannten Grenzdorf Schneckenlohe gekommen. Als später einmal hier die Sprache auf Kuhkäse kam, meinte Roepert, die Käse herum tauchen alle nichts, da müsste man zur *Margret* nach Schneckenlohe, die stelle welche her, bei deren Genuss man in Entzücken gerate. Neugierig fragte einer aus der Gesellschaft, wie sie dies anfange.

»Dir will ich's verraten«, erwiderte geheimnisvoll Roepert, zu dem Manne geneigt, »die tut in ihren Kümmel vorher immer *a Hämpfele Bettflöh* hinein.

Des Schauspielers Hund

Seiner Zeit war in Coburg ein Schauspieler, dessen Hund so abgerichtet war, dass er jeden Morgen mit dem Korb am Halse, der den Auftragszettel und das erforderliche Bargeld enthielt, zum Bäcker lief und mit Gebäck gefüllten Korb wieder zurückkam. Dies führte der Hund, erzählte Roepert, jahrelang gewissenhaft aus, doch eines schönen Tages war er nicht wieder zurückgekommen. Sogleich machte sich sein Herr auf die Suche, fand auch bald den Korb mit Zettel, doch ohne Geld, vor seinem Haus, und einige Schritte weiter um die Ecke herum seinen Hund im Liebesverkehr mit einer *Hunde-Dulzinea*. Erleichtert atmete er auf. »Aha, jetzt weiß ich, wo der Lump das Geld hingebracht hat.«

Das »gastliche« Haus

In seiner ewigen Geldverlegenheit versuchte es Roepert oft, Kapitalien zur Verbesserung seiner Lage bei besser gestellten Bekannten aufzunehmen. Nicht immer gelang ihm dies; doch einmal hatte er wieder einen Freund mit ein paar schönen Mark rangekriegt. Als letzterer nach längerer Zeit wegen Rückzahlung Roepert auf die Bude rückte, wurde er von diesem ausnehmend freundlich empfangen, und ehe er zu Wort kam, in die gute Stube geführt und zum Sitzen eingeladen.

»Nein, mein Lieber, was du mir für eine Freude machst, dass du mich auch einmal besuchst; da müssen wir gleich eine Flasche Wein zusammen trinken!« Gesagt, getan. In angeregter Unterhaltung verweilten sie so einige Stunden bei einander, bis die Flasche leer war. Dann plötzlich erhob sich Roepert, drückte dem Gast warm die Hand, sah in mit treuherzigem, zuversichtlichen Lächeln in die Augen und meinte: »Freund, weißt du was?«

»Nu, was denn Karl?«, replizierte erwartungsvoll der Gast.

»Jetzt sind wir glatt! ist's recht?« Durch den Wein und die Unterhaltung in Stimmung versetzt und überrascht durch den eigenartigen Vorschlag, stimmte der Freund ihm durch stummes Nicken zu, verließ aber dann, um einen ansehnlichen Betrag bzw. eine süße Hoffnung ärmer und um eine Erfahrung reicher, schleunigst das »gastliche« Haus.

Quellenhinweise: Emil Herold

BELAGERUNG DER VESTE COBURG DURCH WALLENSTEIN

Unter der Veste-Besatzung zeichnete sich der Konstabler Konrad Rüger besonders aus

Von Nürnberg aus war Wallenstein am Freitag, 28. September 1632 vor Coburg erschienen, hatte nach kurzem Kampf die Stadt besetzt und schickte nun eine Gesandtschaft von gefangenen Coburger Bürgern nach der Veste, die von dem schwedischen Kommandanten die Übergabe erlangen sollte. »So dies nicht geschieht, so sollt ihr vor der Veste niedergeschossen, die Bürger der Stadt niedergehauen, und der Kerl da oben samt seinen Soldaten gehenkt werden!«

Als sie aber vor der Mauer erschienen und ihr Anliegen vorbrachten, geriet der Kommandant, der schwedische Oberst Taupadel, in heftigen Zorn. Er schalt sie Verräter und drohte, auf sie feuern zu lassen. Sobald sie aber den Rückzug antreten wollten, eröffneten die feindseligen Musketiere das Feuer auf sie. In dieser entsetzlichen Lage blieben sie, bis sich Taupadel erweichen ließ. Vom Ausfallpförtlein aus legte man eine Leiter an die Mauer des Walles. Auf 40 Sprossen stiegen sie in den Graben hinab und wurden durch die genannte Pforte eingelassen.

Am 29. September begann die ordentliche Belagerung der Veste. Auf einem in der Nähe gelegenen Hügel, Fürwitz genannt, pflanzte der Feind zwei Mörser auf, zog Laufgräben und beschoss die Schindel- und Hohe Bastei. Die Granaten richteten jedoch wenig Schaden an, da die Belagerten auf der Hut waren und jedes ausbrechende Feuer sofort im Keim erstickten.

Unter der Besatzung zeichnete sich ein Konstabler namens Konrad Rüger, ganz besonders durch unerschrockene Tapferkeit und durch seine Schusssicherheit aus. Als am Morgen des 30. September Wallenstein mit einigen Begleitern die Veste erkundete, wurde er von einigen Dragonern der Veste-Besatzung erkannt. Rüger richtete seine Feldschlange auf ihn und dicht vor Wallensteins Pferd schlug die Kugel ein, ihn mit Staub und

18

Steinen bedeckend.

»Wart Bestie, wenn ich dich kriege, lasse ich dich hängen!«, soll Wallenstein gerufen haben und Rüger fügt in seinem Tagebuch hinzu: »Das beste aber war, dass er sie nicht hatte!«

Gegen 2 Uhr nachmittags schickte Wallenstein einen Trompeter vor die Veste und ließ nochmals zur Übergabe auffordern. Taupadel ließ ihm antworten, er habe für ihn nichts als Kraut und Lot und die Spitze vom Degen. Wenn Wallenstein die Veste haben wolle, so solle er nur kommen. Dabei war die Lage der Verteidiger nicht beneidenswert. Es fehlte an Nahrungsmittel. Schon hatte man die Pferde wegen Futtermangels erschießen müssen. Das Wasser des tiefen Ziehbrunnens war durch einen unbemerkt hineingefallenen Hund ungenießbar geworden. Trotzdem hielten sie noch den Angriff am 3. Oktober aus.

Von der Brandensteinsebene donnerten die Geschütze, vom Fürwitz spie das Feuer gegen die Basteien. 500 Mann versuchten mit Leitern die Mauern zu ersteigen. Alles umsonst. Wallenstein musste unverrichteter Dinge am 5. Oktober abziehen.

Quellenhinweis: Carl Lesch

KONRAD RÜGERS MEISTERSCHUSS

Von Friedrich Hofmann

Als Wallenstein vor der Veste lag,
schier wär's geworden sein letzter Tag.
Denn Rüger steht auf der Hohen Bastei.
»Ei, reitet dort vornehme Reiterei!
Voraus der Mann mit der roten Feder
auf dem breiten Hut. Wer soll das sein?
Der Reiter ist sicher der Wallenstein!«
Und vor ihm Läufer und Trompeter.
Da schmunzelt der Rüger: »Wohlan, ich
versuch's,
dem werd ich jetzt sagen einen schönen Gruß«
Er eilt im Nu der Kanone zu
und richtet und zielt mit aller Ruh
gar lange. Nun greift er rasch zur Lunten.
Hurra, Hurra! Blitz, Donner und Strahl!
Aufwirbelt Staub und Erden im Tal,
und der stolze Reiter ist verschwunden.
Dort liegt er voll Erde und voll Verdruss
und auf und davon vor dem zweiten Schuss.
Und wie er reitet so eilig fort,
spricht er ein mächtig, ein drohend Wort
und ballt die Faust hinauf zur Veste:
»Die Bestie hängt, die das mir tat,
erwisch ich sie!« – Er aber hat
sie nicht erwischt, das war das Beste.

20

COBURG

Eine lebendige Stadt mit reicher Geschichte

Im Herzen Deutschlands zwischen dem Thüringer Wald und dem Oberen Maintal liegt Coburg. Die früheren Herrscher der Residenzstadt des einstigen Herzogtums Sachsen-Coburg und Gotha eroberten durch ihre günstige Heiratspolitik die Herrscherhäuser ganz Europas und schrieben dynastische Weltgeschichte.

Die berühmteste Heirat wurde zwischen Queen Victoria von Großbritannien und Prinz Albert von Sachsen-Coburg geschlossen. Die vier Coburger Herzogsschlösser – Veste Coburg, Schloss Ehrenburg, Schloss Callenberg und Schloss Rosenau –

21

sind Zeugen dieser Epoche. Sie spiegeln die Geschichte Coburgs eindrucksvoll wieder.

Martin Luther fand fast ein halbes Jahr auf der Veste Coburg Zuflucht, der Walzerkönig Johann Strauss wurde aus Liebe Coburger Bürger, und im Hoftheater gingen zahlreiche Persönlichkeiten ein und aus. International bedeutende Kunstsammlungen – Gemälde, Kupferstiche, Waffen, Rüstungen, Glas, Kutschen und Schlitten –, Puppen- und Spielzeugmuseen, das historische Weihnachtsmuseum, das Europäische Museum für Modernes Glas und die weltberühmten M.I. Hummelfiguren sind kulturelle Highlights der Stadt.

Aktivurlaubern bieten sich in der abwechslungsreichen Landschaft vielfältige Möglichkeiten: Radfahren in unterschiedlichsten Schwierigkeitsgraden, Wanderungen entlang des durch Coburg führenden Jakobsweges, Nordic-Walking, Golf oder relaxen in den vier umliegenden Thermalbädern.

Zahlreiche Konzerte, Opern, Operetten und Musicals im Landestheater, die dreijährig stattfindenden Johann-Strauss-Musiktage, Nordbayerns größte Gourmetparty – das Schlossplatzfest, Mittelalterveranstaltungen auf der Veste, Kunsthandwerkermärkte, Oldtimertreffen und Oldtimer-Rallyes, der Klößmarkt und der Weihnachtsmarkt sind nur einige der unzähligen Veranstaltungen, die den Coburger Kulturkalender füllen. Und heute schreibt Coburg wieder Weltgeschichte: als »Sambahauptstadt« Europas mit dem weltweit größten Sambafestival außerhalb Brasiliens!

Quelle: Stadt Coburg

DAS ERNST-ALEXANDRINEN-VOLKSBAD IN COBURG

Es war eines der markantesten Bauwerke in Coburg, heute ist es leider nur noch als Torso erhalten.

Das markanteste Bauwerk, das Coburg der Herzogin Alexandrine (1820 – 1904) zu verdanken hat, ist heute leider nur noch als Torso erhalten. Die Rede ist vom Ernst-Alexandrinen-Volksbad (früher Löwenstr. 30, heute Alfred-Sauerteig-Anlage 1). Der prächtige Jugendstilbau wurde 1977 abgerissen.

Das Ernst-Alexandrinen-Volksbad war eines der bedeutendsten Jugendstilbauten in Coburg. Es wurde im Jahre 1907 durch die Initiative der Herzogin Alexandrine und unter dem Stadtbaurat Max Böhme errichtet. Das Volksbad bestand aus dem sogenannten Portikusbau und einer Schwimmhalle. Der Stadtbaurat Max Böhme, seit 1903 in Coburg, trug wesentlich dazu bei, den Jugendstil im Herzogtum einzuführen.

Eingeweiht wurde das Bad am 26. August 1907

120.000 Mark hat die Herzogin der Stadt Coburg hinterlassen mit der Auflage, *großen Teilen der Bevölkerung durch Errichtung eines Volksbades eine wesentliche Förderung und Hebung, namentlich der gesundheitlichen Beziehung, angedeihen zu lassen.* Das Volksbad, vor dessen Portikusbau ein Brunnen an die Herzogin erinnert, ist beileibe nicht die einzige soziale Einrichtung, die auf Alexandrine zurückgeht.

25

Engagiert setzte sich Herzogin Alexandrine für sozial Schwache, die Ausbildung der Jugend und die Volksgesundheit ein. Sie vererbte der Stadt das Geld zum Bau des *Ernst-Alexandrinen-Volksbads*.

Das Gymnasium *Alexandrinum*, das 1852 von Caroline Stoessel als *Höhere Töchterschule* gegründet wird, verdankt seine Existenz der 1900 ins Leben gerufenen *Alexandrinen-Stiftung*. Der *Alexandrinen-Verein* finanziert von 1894 an den Bau von Reihenhäusern im Hahnweg, die nach einer Mietdauer von 30 Jahren in den Besitz der Mieter übergehen und der *Alexandrinen-Diakonissen-Verein für*

Armen- und Krankenpflege kümmert sich um sozial Schwache.

Schließlich unterstützt die Herzogin auch noch den Thüringerwald-Verein. Auf der Sennigshöhe finanziert sie den Bau eines Aussichtsturmes, der aber schon 1936 baufällig ist und abgerissen wird.

Schutzhütte Sennigshöhe

Die Herzogin, die am 6. Dezember 1820 in Karlsruhe geboren wird, macht sich in Coburg als engagierte Streiterin für sozialen Fortschritt einen Namen. Alexandrines Vater ist der Großherzog von Baden, ihre Mutter Sophie Wilhelmine, Tochter des Königs Gustaf IV. von Schweden. Am 03. Mai 1842 heiratet die 21jährige den Prinz Ernst

27

von Sachsen-Coburg und Gotha, den späteren Herzog Ernst II. Sie starb am 21. Dezember 1904.

Kindheitserinnerungen

Mein Großvater Franz Zeidler arbeitete als Klempner und Installateur in der Werkstatt der Überlandwerke Coburg (heute SÜC). Wenn der Techniker des Alexandrinen-Volksbades Urlaub hatte war mein Großvater dort als Vertreter tätig. Für mich war diese Zeit immer von großer Bedeutung. Bedingt durch diese Urlaubsvertretungen, konnte ich dort meine Besuche mit anschließender Badeausbildung ausfüllen. Erinnerungen, die ewig im Gedächtnis bleiben an dieses schöne Jugendstilbad. Meine Meinung zum Abriss ist und bleibt ein Vergehen an einer historischen Baukultur, die zur Baugeschichte Coburg dazugehörte.

Quellenhinweise: Stadt Coburg

28

DAS EHEMALIGE SCHLOSS IM STADTTEIL WALDSACHSEN VON RÖDENTAL

Auf Spurensuche

Das Schloss wurde vom 19. auf den 20. Februar 1822 durch Feuer völlig zerstört. Eine Ansicht um 1820 zeigt das Schloss Waldsachsen noch mit hohen Treppengiebeln und zwei runden Ecktürmen mit Zwiebelkuppen.

Das Schloss Waldsachsen

Außer den *Rödentalern*, davon vor allem die Bewohner vom Ortsteil *Waldsachsen*, wissen nur noch wenige aus der Bevölkerung, dass früher in der Mitte des Dorfes Waldsachsen auf einem Hügel ein Schloss gestanden hat. Da es von einem breiten Graben umgeben war, lässt es auf eine alte Wasserburganlage schließen.

Das Schloss wurde vom 19. auf den 20. Februar 1822 durch eine Feuersbrunst zerstört. Nach dem Brand legte man die ausgebrannten Mauerreste durch Kanonenschüsse nieder. Später wurden die verbliebenen oberirdischen Teile beseitigt. Man vermutet, dass in dem mit Rasen bedeckten Schlosshügel noch Grundmauern und vielleicht auch noch Kellergewölbe des alten Baues verborgen sind.

Die älteste Erwähnung der Siedlung im Wald als *Waltsassyn* stammt aus dem Jahr 1317. Im Jahr 1346 ist Dietrich von Coburg, dessen Geschlecht auch die Burg von *Osselein* (Oeslau) innehatte, urkundlich als Besitzer erwähnt.

Nach dem *Heimfall* des Lehens durch Tod des letzten Erben – an den Landesherrn Herzog Johann Casimir, verlieh es dieser an seinen Kanzler Fromann, Die Grabplatte mit dem Sterbedatum 1642 ist in die Chorwand von St. Moriz in Coburg eingelassen.

30

DAS MUCKL-BRÜNNLE BEI TREMERSDORF

Erinnerungen an den Kammersänger Hans Wolff

Kammersänger Hans Wolff
Repro: Ulrich Göpfert

Das *Muckl-Brünnle* bei Tremersdorf ist eine Erinnerung an den Coburger Kammersänger Hans Wolff (1875-1934), der nach dem Ersten Weltkrieg dem Ensemble des Coburger Landestheater angehörte. Hans Wolffs Tenor prädestinierte ihn zum Helden auf der Bühne, jedoch nicht seine Gestalt. Er war klein von Statur und hatte es oft schwer,

31

neben seiner voluminösen Stimme eine entsprechende äußere Erscheinung in den Rollen auf der Bühne darzustellen. Der Gefahr, auf der Bühne als Lohengrin von Elsa von Brabant nicht bemerkt zu werden, begegnete er mit Schuhen, deren Sohlen zehn Zentimeter dick waren. Den Spitznamen *Muckl* bekam er von seinen Vereinskollegen von der *Schlaraffia* in Coburg zugedacht.

Das Muckl-Brünnle

Er war in seiner Freizeit leidenschaftlicher Angler, der regelmäßig seine Angel bei Tremersdorf auswarf, und zwar in einem Wässerlein, das aus Görsdorf/Thüringen kommend, die im Jahre 1962 abgebrochene Weihersmühle versorgte und in Tremersdorf in die Lauter fließt. Eines Tages entdeckte er beim Angeln eine Quelle, die er mit dem Tremersdorfer Edmund Lindner fasste und später zu einem kleinen Teich ausbaute, in dem –

wie auch heute noch – Wasserräder ihr munteres Spiel treiben. Diese Quelle wurde später mit dem Namen *Muckl-Brünnle* versehen, den sie auch heute noch trägt.

Während der Theaterferien wohnte *Muckl* im Tremersdorfer Gasthaus, wo er oft von seinen Coburger Freunden besucht wurde, die immer im Landauer der Posthalterei Mönch aus Coburg vorfuhren. Seine Gäste lud *Muckl* regelmäßig zum Fischessen ein, das aus nicht allzu großen Forellen bestand, die im Gasthaus zubereitet wurden. Nach dem Zweiten Weltkrieg war das *Muckl-Brünnle* in Vergessenheit geraten, bis die Tremersdorfer Landjugend *Axt im Wald* sich seiner annahm und ihm die Gestalt gab, wie wir es heute zum Glück noch sehen können. Vor allem an den Wochenenden im Sommer ist dieser Ort ein beliebtes Ausflugsziel der Coburger Stadt- und Landbevölkerung, die dann mit Kind und Kegel dort anzutreffen ist. Auch unsere Nachbarn aus dem angrenzenden Thüringen haben diesen schönen Platz in ihr Herz geschlossen und sind dort regelmäßig vertreten.

Verein Axt im Wald

Der etwas außergewöhnliche Vereinsname ist, wie mir Vereinsmitglied Heinz Oppel aus Tremersdorf berichtete, folgendermaßen entstanden:

In den 50iger Jahren des vorigen Jahrhunderts trieben, wie fast überall, die sogenannten *Halbstarken* des Öfteren Schabernack und mancherlei Streiche im Dorf. So hängten sie zum Beispiel bei den Nachbarn die Gartentüren aus und versteckten sie. Doch das war nicht nur ein Einzelfall, sie trieben es manchmal soweit, dass sie den Zorn der Erwachsenen auf sich zogen. Ein besonders schlimmer Fall hatte sich zu dieser Zeit in Tremersdorf zu getragen: Die *Saububen* hatten wieder einmal ihr Mütchen gekühlt, in dem sie ein Motorrad versteckten. An sich wäre dies kein arger Schelmenstreich gewesen, hätten sie es nicht in einem Misthaufen gefahren und dort eingegraben. Dabei schaute nur noch der Lenker aus dem *duftenden Haufen* heraus.

Dies war dem Besitzer dann doch des Guten zu viel. Er rief die Grenzpolizei aus Rottenbach zur Hilfe. Die *Gendarmen* wussten natürlich sofort wer die Übeltäter waren, die sie an Ort und Stelle führten. Neben vielen *Lobesworten,* sagte dann einer der Grenzpolizisten:

»Ihr führt euch schlimmer auf, als die Axt im Walde«. Seitdem wurden die Burschen von der Tremersdorfer Landjugend vom *Saulus zum Pau-*

34

lus bekehrt und gründeten den Verein *Axt im Walde* und nahmen sich der Pflege des *Muckl-Brünnles* an und tragen mit ihren Arbeiten zum Wohle der Dorfbevölkerung vieles bei. Der Verein *Axt im Wald* hat sich zum Ziel gesetzt, die Anlage *Muckl-Brünnle* zu pflegen und als Ausflugsort zu erhalten sowie Rastbänke in der Umgebung von Tremersdorf zu errichten.

DER COBURGER HEXENTURM

Finstere Tage in Coburg

Finster und grau hob sich der niedrige, dicke Rundturm aus der südwestlichen Stadtmauer. Eine kleine mit Eisenbändern beschlagene Tür führte in das Erdgeschoss des Turmes. Hier im unterirdischen Kerker lag die junge, schöne Frau, eines Coburger Bürgers Ehefrau, die als Hexe angeklagt war.

36

Ein böser Mensch, der allgemein nur der *Hexenriecher* genannt wurde, hatte solange gehetzt, bis die mit der jungen Frau verfeindete Verwandtschaft sie der Zauberei beschuldigte, weil ihr Ehemann an schwerem Siechtum daniederlag.

Aber es war eine tapfere Frau, hatte auch noch daheim ein Kindlein in der Wiege. Sie wollte durchaus nicht bekennen, dass sie eine Hexe sei, obwohl man sie scharf verhört und mit Folterschrauben hart geplagt hatte. Dieses grausame Verhör der Hexen fand im mittleren Teil des Hexenturmes statt. Im obersten war nur der dachlose Turmstumpf, in dessen Mauern sich schmale Zugspalten befanden.

Wen der Hexenturm einmal hatte, den gab er nicht wieder heraus, denn zuletzt gestand doch jede Angeklagte. Sie musste nur erst recht gefoltert sein. So lag die arme Frau nach vergeblichem Verhör wimmert auf dem Haufen Stroh im Hexenloch des Turmes. Eben hatte ihr der Scharfrichter noch einen Krug Wasser neben das Lager gestellt und wollte den Turm wieder verlassen. Da pochte es draußen an der Pforte und ein kleines, dürres Männchen drängte sich herein. Er schien wohlbekannt zu sein im Hexenturm und schon stand er neben der Gefangenen. Er sprach mit schmeichelnder Stimme auf die Frau ein. Er erinnerte sie an ihr Kindlein daheim und gab ihr einen teuflischen Rat. Sie solle nur einige Frauen oder

Mädchen aus gutem Hause als Mitschuldige angeben, dann werde man sich scheuen, sie noch weiter auszufragen. »Ich meine zum Beispiel, wenn Ihr unseres Bürgermeisters holdes Töchterlein oder ihre Familie beschuldigt, von Euch die Zauberei erlernt zu haben, wer wird es dann wagen, Euch weiter zu erforschen? Sicher werdet Ihr dann frei!«

Ehe das arme Weib etwas erwidern konnte, war das Männlein verschwunden. Als am anderen Tag die Unglückliche wieder zur Folter hinaufgeführt wurde, waren die Hexenmeister über ihr abermaliges Schweigen und Leugnen erzürnt. Sie befahlen dem Scharfrichter, die Schrauben recht hart anzudrehen. Da tat die Frau einen gellenden Schrei, rief dreimal den Namen ihres Kindes, das Mariele geheißen, und sagte, sie wolle alles bekennen. Als sie nun die Richter vernahmen, wobei sie die junge Bürgermeisterstochter arg beschuldigte, erschraken sie heftig. Das schreckliche Geständnis fiel ihnen schwer aufs Herz, denn nun mussten sie neue Anklagen erheben. Der armen Gefolterten aber nützte ihr erpresstes Geständnis nichts. Sie fiel in eine schwere Ohnmacht und verschied noch am gleichen Tag. Die Tochter des Bürgermeisters wurde wirklich als Hexe angeklagt, und nur durch das Eingreifen hoher Personen, konnte sie vor dem Feuertod bewahrt werden.

Quellenhinweis: Ludloff

DER COBURGER ZWIEBELMARKT

Er besitzt eine sehr lange Tradition. Alljährlich findet er am zweiten Donnerstag und Freitag im September statt.

Zu dieser Zeit verwandeln sich der Marktplatz, die Spitalgasse und der obere Steinweg in einen der bekanntesten Jahrmärkte in der Region. Neben verschiedensten Haushaltsartikeln wie Bürsten, Strümpfen oder Kräutern werden kulinarische Köstlichkeiten rund um die Zwiebel angeboten: Ob herrlich duftender Zwiebelkuchen mit schmackhaftem Federweißer auf dem Marktplatz oder internationale Zwiebelspezialitäten in Coburgs Gaststätten – dieses Fest lädt zum gemütlichen Schlendern und Verweilen ein!

Aus der Vergangenheit des Zwiebelmarktes

Man sollte eine alte Volksweisheit beherzigen, die besagt: man soll seinem Körper ab und an etwas Besonderes anbieten. Beim Verzehr der Bratwürste wird die alte Volksweisheit beherzigt, nach der man ab und an seinem Körper etwas anbieten muss. Diese Erkenntnis erweitert sich jedoch mit dem Genuss von Zwiebelkuchen, dass man ab und zu seinem Körper in Erstaunen versetzen soll. Am 10. September 1957 fand zum letzten Mal auf dem Marktplatz der traditionelle Zwiebelmarkt statt. Und dass bei schönstem Wetter, denn zur Tradition gehörte es in den Jahren davor, dass es kräftig regnete – und das ergab erst die richtige *Zwiebelbrüh!*

Der Zwiebelmarkt im September ist der bekannteste von den Jahrmärkten die in der Stadt stattfinden. Seine Tradition hat sich bis heute erhalten. Früher war dieser Markt noch ein größerer Anziehungspunkt als in der heutigen Zeit. Bereits am Vorabend kamen zahlreiche Bauern in der Stadt an, die weitesten kamen aus der Gegend von Bad Königshofen. Lange Wagenreihen standen in den Gassen und in der Nähe der Brunnen, aus denen die Pferde getränkt wurden. In den frühen Morgenstunden des Markttages waren die Zugangsstraßen zur Stadt sehr belebt. Pferdegespanne und Gruppen von Marktfrauen mit ihren runden Marktkörben auf dem Rücken strömten zur Stadt. Mit der Eisenbahn kamen Männer und Frauen, besonders aus dem Thüringer Wald herunter, aus Eisfeld, Schalkau und Sonneberg. Obst- und Gemüsehöken (Kleinhändler) waren u.a. dabei. An ihren viereckigen Tragekörben waren die Markteinkäufer aus Thüringen leicht zu erkennen.

Die Budenreihen des *Krammarktes* nahmen einen großen Teil des Marktplatzes ein. Beim *Albert* spielte sich der Obst- und Butterverkauf ab, an der Ecke zur Herrengasse begann der *Hafenmarkt*, der *Viehmarkt* erfolgte am Albertsplatz und in der unteren Ketschengasse der *Säumarkt*.

In der oberen Ketschengasse, dem eigentlichen Zwiebelmarkt, gab es fast kein Durchkommen. Links und rechts lagen, in der ohnehin nicht breiten Gasse, die Zwiebelsäcke aufgetürmt. *Gängs hä,*

41

Madam, kaufens ma a Metz`n Zwiebel ab. Diverse Mundarten verrieten die Herkunft der Marktfrauen. Sie kamen vorwiegend aus der Bamberger und Schweinfurter Gegend. Für die Kinder war ebenfalls bestens gesorgt. Die *Bamberger Zwiebeltreter* hatten Süßholzwurzeln für diese Käuferschicht dabei.

Ein unbeschreiblicher Duft erfüllte die Marktstraßen – die Pferde und die Ledergeschirre und die Zwiebeln, all dies erzeugte ein unbeschreibliches Aroma, noch bereichert durch den Zwiebelkuchen, der damals nur zum Zwiebelmarkt gebacken wurde. Dieser Zwiebelkuchen wurde in Unmengen verspeist.

Auch heute gehört es zum guten Ton, dazu einen so genannten *Federweißen*, *Bremser* oder *Sauser* *zu* trinken. Zur Abrundung der ganzen Festivität

42

gehört natürlich auch die *Coburger Bratwurst*. Es zog bläulicher Rauch und köstlicher Duft aus den Bratwurstbuden über den Markt. Er zieht ja nicht nur an den Markttagen über den Markt und durch die Straßen in Coburg, sondern die *Coburger Bratwurst* gehört dazu an jedem Tag des Jahres.

DER GURKEN-ALEX

Ein Coburger Original

Was wäre eine Stadt oder ein Dorf ohne seine Originale? Alexander Otto war so ein Original in Coburg. Unter seinem richtigen Namen war er den wenigsten bekannt, aber wenn man vom Gurken-Alex sprach, wussten alle gleich Bescheid.

Wer war dieser Mann? Ich kann mich noch gut an ihn erinnern. Als Kind traf ich ihn manchmal auf der Bahn, diesen kleinen, grauhaarigen Mann mit den kurzen Beinen und dem hageren Oberkörper. Da fuhr er mit seinem Salzgurken-Eimer und der Holzzange von Coburg aus in eine der umliegenden Ortschaften, um auf Volks- oder bei Kirchweihfesten seine *Kümmerlinge* an den Mann bzw. die Frau zu bringen.

44

Bereits im Zug hat er mit dem Verkauf seiner *Kümmerlinge* begonnen. Und mancher Fahrgast, meistens waren es Berufstätige die zur Arbeit fuhren, haben einen seiner *Kümmerlinge* gekauft. Auf der Nase trug er eine Brille mit sehr starken Gläsern. Ein Paar wache Augen schauten heraus. Sie musterten zurückhaltend die Umgebung. Wurde er von den Fahrgästen in ein Gespräch verwickelt, so antwortete er schlagfertig und gab erstaunliche Lebensweisheiten von sich.

Im Jahre 1884 wurde er in Coburg geboren. Später hatte er den Beruf des Buchbinders erlernt, was sicher seine Liebe zu allem Gedruckten erklärt. Dass er diesen Beruf nicht treu blieb, mag vielleicht an seinem schlechten Sehvermögen gelegen haben. Geklagt hat er darüber nie, sondern tapfer den Bauchladen genommen und Schnürsenkel und Wunderkerzen verkauft, später dann eben die Gurken.

Vielleicht hing auch dieser Wechsel im Sortiment mit seiner Sehkraft zusammen, die zusehends nachließ. Seine Mitbürger interessierten sich dafür nicht, hatten sie doch ein Original, das sich belächeln ließ und die eigene Vollkommenheit so recht zur Geltung brachte. Der Gurken-Alex zog von Volksfest zu Volksfest und, wenn die Saison zu Ende ging, auch von Gasthaus zu Gasthaus. Nebenbei betreute er seine alte Mutter bis zu deren Tod, ohne sich selbst betreuen zu lassen. Er war zu stolz um Fürsorge in Anspruch zu nehmen. Zu seinen bescheidenen Freuden gehörte das Skatspielen. Hier wurde ihm eine kleine Anerkennung zuteil, als er zum Vorsitzenden des Preisskatclubs gewählt wurde.

Bei einer Landestheater-Revue erntete er tosenden Beifall, als er in seiner Lebensrolle, als *Gurken-Alex*, auftrat. Dies waren sicher Höhepunkte seines Lebens. Alex Otto, genannt der Gurken-Alex, starb am 23. März 1960. Als posthume Würdigung wurde ihm am 18. April 1986 in der Herrngasse ein Denkmal gesetzt, um damit einen Menschen zu würdigen, der trotz äußerer Benachteiligung ein schweres Leben klaglos und selbständig meisterte.

Quellenhinweis: Eckerlein

DER MÖNCH VOM MORIZTURM

Nach einer Erzählung von Andreas Stubenrauch

Es war zu jener Zeit, als Graf Hermann von Henneberg über Land und Pflege Coburg herrschte. Da kam es zu einer kriegerischen Auseinandersetzung mit dem Bischof von Bamberg. In einem Gefecht nahm der Graf zwölf Junker gefangen und sandte sie in den sicheren Gewahrsam der Veste Coburg. Die Gefangenen wurden dort aber nicht allzu streng gehalten und trieben oft innerhalb des Burghofes und bei der großen Stiege allerhand Kurzweil.

Als sie wieder einmal beisammen waren, geschah es, dass der Burgkaplan Malchus, ein finsterer Mönch, die offene Stiege herab in den Burghof gehen wollte; allein durch eigene Ungeschicklichkeit glitt er aus und fiel die Stiege herab. Darüber erhoben die zuschauenden Junker ein helles, schallendes und anhaltendes Gelächter, das den Mönch sehr verdross. Er erhob sich zornig und verklagte die Junker beim Burgherrn. Dabei behauptete er, unter den Gefangenen befinde sich auch der Mörder, der einst den Vater des Grafen erschlagen habe.

Da befahl Graf Hermann in seinem Zorn, um Mitternacht sollten so viele Häupter fallen, wie der Turmwächter auf dem Sankt-Moriz-Turm Stunden anblasen würde. Der Türmer erhielt noch dazu den Befehl, zwölfmal in sein Horn zu stoßen.

Die Gräfin, eine milde fromme Frau, erfuhr von dem Vorhaben und war sehr betrübt; gerne hätte sie die Junker gerettet. Bei ihrem Gatten bat sie um das Leben der Jünglinge. Mit ihren bittenden Worten besänftigte sie den strengen Herrn, so dass er beschloss, nur einer, und zwar der Mörder seines Vaters, sollte hingerichtet werden. Die Gräfin wollte aber auch den Tod des einen verhindern, ließ den Türmer rufen und in ein Gemach einschließen, damit er nicht ins Horn stoßen konnte. Der Mönch aber hielt sich im Nebenzimmer auf und hörte alles mit an.

Es war kurz vor Mitternacht, da wurden die Junker zum Richtplatz geführt, um sie mindestens die Angst des Todes empfinden zu lassen. Der Türmer im Gemach erhielt von der Gräfin eine Kanne Wein und war deshalb heiteren Mutes.

Da schlug die Glocke vom Morizturm zwölfmal, und als der zwölfte Schlag verklungen war, tönte schaurig das Horn vom Turm, und mit jedem Ruf sank ein Haupt dahin. Die Gräfin erschrak zu Tode, und der Türmer in seinem Verschluss wusste nicht, wie dies zuging. Aber auch der Graf erschrak heftig, denn nunmehr wollte er nicht mehr den Tod der Jünglinge. Er sandte einen Reiter zur Richtstätte, um Einspruch zu erheben, aber es war zu spät. In ohnmächtigem Zorn stieg der Graf selbst auf den Turm, fand dort den Mönch mit dem Horn des Türmers in Händen und frohlockend ausrufen: »So, ihr Buben, nun werdet ihr meiner nicht mehr spotten«. Da ergrimmte der Graf, packte den hinterlistigen Mönch und warf ihn vom Turm hinunter, dass sein Körper zerschellte.

Nun tutet immer wieder, wenn die Nacht wiederkehrt, nicht der Wächter, sondern der Mönch, der im Grab keine Ruhe fand, in das Wächterhorn.

DIE BÄREN IM FESTSAAL DER VESTE COBURG

Eine Edeldame zeigte großen Mut

In früheren Jahren war im Festungshof der Veste Coburg ein Bärenzwinger aufgestellt. Hinter dem starken Gitter wurden die mächtigen Tiere gefangen gehalten. Wenn der alte Wärter mit dem Futter herbeikam, die zottigen plumpen Gesellen sich brummend am Gitter aufrichteten, da überkam die zuschauenden Kinder immer ein Gruseln: "Die Gitterstäbe werden doch stark genug sein?« Aber einmal ist es doch geschehen, dass die Bären den Käfig verlassen konnten. Der Burgherr feierte eines Tages ein großes Fest. Die Damen und Herren saßen an der reich gedeckten Tafel und ließen sich Speise und Trank wohl schmecken. Plötzlich erhob sich ein furchtbares Brummen draußen im Flur, und zwei große Bären drangen zur Tür herein. Der Wärter hatte versäumt, die Tür des Käfigs sorgfältig zu schließen, und die Bären hatten die Gelegenheit benutzt, um sich einmal die Welt außerhalb der Gitterstäbe zu

50

beschauen. Entsetzt blickten die Gäste auf die beiden riesigen Tiere und wussten vor Angst nicht, was sie tun sollten. Der eine floh hinter den Tisch und stellte voll Furcht einen Stuhl vor sich hin, der andere suchte Zuflucht auf dem Ofen, ein Dritter hatte ein Gewehr erfasst und sucht sich und die anderen zu retten.

Aber alle wurden beschämt durch eine Edeldame. Sie zeigte Mut und verlor ihre Geistesgegenwart nicht, nahm schnell einen Teller mit Früchten und anderen Süßigkeiten vom Tisch und reichte ihn dem einen Bären hin. Der wiederum konnte sich nicht entschließen, das freundliche Angebot der schönen Damen zurückzuweisen und ließ sich die Süßigkeiten wohl schmecken. Indes kam auch der Wärter herbei, und ihm gelang es, die beiden Bären wieder in ihren Zwinger zurückzubringen.

Zur Erinnerung an diesem Vorfall ließ der Burgherr ein großes Bild malen, das heute noch auf der Veste Coburg zu sehen ist. In der unteren Ecke des Bildes stehen die launigen Verse:

«Dem Männlein in der Ecke dort woll`n wir das Le-
ben lassen;
mit Leuten, die sich fürchten, tun wir uns nicht be-
fassen.
Schau lieber schön die Dame hier, die träget höher`n
Mut,
sein wir galant Herr Bruder, wie schmecken der
Konfekt
und auch die Kirschen gut.»

Quellenhinweis: Andreas Stubenrauch

52

DIE EHEMALIGE ERBSCHENKE »ZUM GOLDENEN STERN« IN UNTERLAUTER

Ein historisches Gasthaus

Viele Jahrhunderte diente in Unterlauter das alte Wirtshaus *Zum Goldenen Stern* den Kaufleuten, Reisenden, Marktbesuchern, den Handwerkern und Bauern. Es stellte seine große Stube für Sitzungen des Gerichts, Musterungen der Landmiliz und Jahrtagen der elf Lauterer Innungen zur Verfügung. Bärentreiber haben hier unter anderem übernachtet. Für die Bären stand im südlichen Garten ein Zwinger zur Verfügung

Als landesherrliches Lehen hatte es schon in sehr früher Zeit als einziges Gasthaus zwischen Coburg und Eisfeld gewisse Vorrechte: alleinige

Gast-, Brau- und Schankrechte, Bannweinverkauf aus den Lauterer Weinbergen, so dass Wünsche, ein neues Gasthaus in Unter-, Oberlauter oder auch einmal in Neukirchen zu errichten, stets auf landesherrlichen Widerstand stießen. Die Erbschenke erhielt ihr *privilegium exclusivum* bis zum Jahr 1812 (Aufhebung aller Monopole!) gegen eine auf einen guten Umsatz hinweisende Wirtshaussteuer, die 1765 auf den sehr hohen Betrag von 1600 fränkischen Gulden erhöht worden war.

Damit die Reisenden in den Gaststätten recht und standesgemäß bewirtet wurden, gab Herzog Albrecht 1682 eine Verordnung heraus, die wegen ihrer sozialen Staffelung schon geradezu modern anmutet:

Für eine Mahlzeit, außer Wein, zu bezahlen: Ein Vornehmer nicht mehr als 6 Gr., ein Mittlerer nicht über 4 Gr., ein Armer nicht über 1 oder 2 Gr. - Ersterer: 5 Gerichte (Suppe; Rindfleisch, Fische, Gebratenes, Gemüse und ein Maß Bier). - Andere: 3 Gerichte (Suppe; Rindfleisch, Gebratenes, gut Gemüs und ein Maß Bier). - Dritte: Suppe; gekochtes Fleisch und Brot, ein Maß gering Bier.

Ein Armer konnte auch nur Suppe essen und verrechnen. Der letzte Gastwirt der Erbschenke war Richard Maaser. Wie vom verstorbenen Besitzer der ehemaligen Erbschenke, Richard Maaser, mündlich überliefert wurde: " Zu den Gebäuden gehörten Brauerei mit herzoglichem Braurecht, Kegelbahn, Viehställe und die riesige Zehntscheune mit 6 Pferdestallungen und darüber liegenden Übernachtungskammern, deren Fenster nur mit Holzläden verschlossen werden konnten. Der Garten besaß neben sonstiger Anlagen einen Springbrunnen.

Zwei Mal wöchentlich, mittwochs und samstags kam der Eisfelder Bote, eine Spedition auf Bestellung. Zur Kartoffelzeit übernachteten die Crocker Kuhbauern auf ihrer Rückfahrt vom Coburger Markt im Gasthaus. Die ganze Straße wäre von abgestellten Fuhrwerken eingenommen worden. Selbst Bärentreiber hätten wenigstens jährlich einmal hier übernachtet. Für die Bären wäre im südlichen Garten ein Zwinger gewesen.

Besonders festlich sei es zugegangen, wenn die 95er vom Drossenhäuser Schießstand zurückkehrten und vor der Gastwirtschaft mit Trinkwasser betreut wurden, um dann erfrischt mit der entgegengekommenen Militärkapelle unter Marschmusik in die Kaserne nach Coburg einrückten.

Quellenhinweis: Waldemar Fischer

DIE RICHTSTÄTTE RABENSTEIN

oder das Lauterer Gericht in Coburg

Eine, in der Bevölkerung, nicht so bekannte Richtstätte in Coburg, war der *Rabenstein* oder auch das *Lauterer Gericht* genannt. Darüber berichtet der Coburger Chronist Karche aus dem Jahr 1766: *Rabenstein* ist eine alte volkstümliche Bezeichnung für eine von Raben umschwärmte Richtstätte.

Für den *Coburger Rabenstein* war ursprünglich die Hut ausersehen. Doch der Scharfrichter bemerkte, *,dass der Weg dorthin den armen Sündern zu beschwerlich seyn möchte'*. Wahrscheinlich aber wollte der Scharfrichter nicht den Berg zur Hut hinaufsteigen. Man bestimmte daraufhin als Standort des Rabensteines eine Stelle an der Straße nach Unterlauter, die zwischen dem jetzigen Bahnübergang und der Abzweigung der Lauterburgstraße lag.

Eine einfache Zeichnung im *Lindner Album* des Stadtarchivs Coburg zeigt das *Lauterer Gericht*, wie der Rabenstein auch genannt wurde, ohne Galgen. Demnach wurden dort ab 1766 Hinrichtungen mit dem Schwert vollzogen, nachdem der Anger höchstwahrscheinlich dazu nicht mehr benutzt wurde. Auf dem Bild ist ein gemauerter Klotz erkennbar, der auf die Bestimmung hinweist.

Der Rabenstein an der Lauterer Straße wurde 1858 abgerissen. Der Bau einer Richtstätte galt einst als anrüchig. Um mit diesem schlechten Ruf nicht einen einzelnen Handwerker zu belasten, beauftragte man mit der Errichtung mehrere Zünfte und verband damit ein öffentliches Schauspiel. Vielleicht glaubte man dadurch dem Vorhaben die Anrüchigkeit zu nehmen.

Wie damals in Coburg gehandelt wurde, darüber berichtet der Chronist Karche. Der Originaltext ist gekürzt wiedergegeben:

»... den 28. April wurde der Rabenstein zu bauen angefangen. Die Handwerker zogen mit 50 Mann Soldaten, 2 Tambour und 1 Pfeifer hinaus zur erwähnten Richtstätte. Die Spitze des Zuges bildeten 15 Soldaten mit Leutnant Müller, denen der Zentgraf Motschmann zu Pferde sowie die Musici folgten. Dann kam der Obermeister Adolph Meyer mit einem 10 Schuh langen Maßstab, ihm folgten paarweise die übrigen 8 Meister, das Richtscheit unter dem linken Arm, den Maßstab in der Rechten, sowie die Gesellen und Lehrjungen. Es schlossen sich die restlichen Soldaten sowie die Schlosser und Schreiner an.

Der Zug ging vom Judentor, wo der Obermeister wohnte, zum Rathaus, wo das Spiel gerührt wurde. Am erwahlten Richtplatz angekommen, konnte man wegen der großen Volksmenge nur einmal um jenen herum marschieren. Der Zentgraf hielt eine Rede, welche der Obermeister beantwortete. Dieser machte dann mit einem Zweispitz drei Hiebe in einen Stein und stach mit einer Haue ein Stück Rasen aus. Die Soldaten sowie die Musici zogen nun mit den Schlossern und Schreinern wieder in die Stadt, worauf die Maurer mit ihrer Arbeit anfingen.

Am 1. Mai früh waren sie fertig. Die Soldaten zogen mit Musik und den Schreinern und Schlossern, welche die Tür und das Schloss trugen, wieder zum Richtplatz. Als die Tür eingehängt war, hielt der Obermeister wieder eine Rede. Danach zogen alle in die Stadt.

Am Hause des Obermeisters ging der Zug auseinander. Dort tanzten anschließend die Meister mit ihren Weibern, während die Gesellen sich im *Schwarzen Bären* in der Spitalgasse vergnügten. Der Rabenstein kostete 75 fl.fr. und 2 Taler Trinkgeld. 10 Gulden *erschnürten* sich die Gesellen bei der Arbeit.«

Bereits nach 5 Wochen wurde im *Lauterer Gericht* das erste Todesurteil vollzogen. Am 6. Juni 1766 enthauptete der Scharfrichter die Margarethe Müllerin, die Wirtsmagd von Meschenbach, wegen Kindesmord. Sie wurde in der Nähe der Richtstätte begraben

Quelle: Stadtarchiv Coburg

DIE SAGE VOM PATER ECKARDT

Eine Erzählung aus Coburg

Diese Postkarte wurde am 28. April 1901 geschrieben. Norbert Niermann aus Coburg hat sie mir freundlicherweise zur Verfügung gestellt.

Als um das Jahr 1518 die Kirchenreformation in der Stadt Coburg eingeführt wurde, lebte in einem dortigen Kloster ein frommer, achtzigjähriger Pater Namens Eckardt, der sich mit der neuen Lehre nicht befreunden konnte und ihrer Ausbreitung den heftigsten Widerstand entgegensetzte.

Da aber die Reformation immer weitere Fortschritte machte, verließ der Greis voll Unmuts die Stadt und erbaute sich an einem waldigen Berge in der Nähe Coburgs eine steinerne Klause. Hier lebte er als ein Einsiedler noch viele Jahre seines Glaubens und hielt Andacht mit denen, die noch an der alten Lehre festhielten, bis seine Seele einging in die himmlischen Gefilde.

Der Berg aber, auf welchem die Hütte des frommen Paters stand, wird noch heute der Eckardtsberg genannt.

Quellenhinweis:
Bearbeitet von Hermann Wettig, erschienen 1899 im Verlag von Albert Seitz, Herzogliche Hofbuchhandlung Coburg

DIE SCHREIE DER STERBENDEN ...

Eine Geschichte aus den letzten Kriegstagen

Die Schreie der Sterbenden und Verwundeten waren bis nach Tremersdorf/Lautertal zu hören. Dieses berichtete mir Heinz Oppel aus Tremersdorf von einem Tieffliegerangriff auf einen deutschen Militärzug der auf der Strecke der Werratalbahn am Ostersamstag im Jahr 1945 unterwegs war.

Der ehemalige Bahnhof Görsdorf/Thüringen ist noch auf der bayerischen Seite gelegen. Im Bildvordergrund ist noch die Mauer des Bahnsteiges zu sehen.

Die jüngeren Einwohner von Tremersdorf oder Görsdorf werden es nicht wissen, aber die Älteren werden sich noch gut an das dramatische Ereignis, das sich in der Mittagsstunde des 31. März 1945, dem Ostersamstag, unmittelbar in der Nähe ihrer Ortschaften abgespielt hat, erinnern.

Was war damals passiert?

Heinz Oppel aus Tremersdorf, konnte mir von diesem schrecklichen Ereignis berichten, dass ihm sein Vater, als er noch ein Kind war, erzählt hat: Am 31. März 1945 war ein deutscher Militärzug unterwegs. Bereits zwischen Bamberg und Coburg wurde dieser von mehreren Jagdflugzeugen der US-Air Force verfolgt und dreimal angegriffen. Diese Angriffe konnten jedoch durch die deutsche Vierlingsflak des Militärzuges erfolgreich abgewehrt werden

Doch die amerikanischen Piloten ließen nicht locker. Der Militärzug der in Coburg auf die Trasse der Werratalbahn abbog und jetzt Richtung Thüringen unterwegs war, war das erneute Ziel der amerikanischen Jagdflugzeuge. Ihnen gelingt bei einem günstigen Anflug von Ehnes über Truckendorf in Thüringen ganz in der Nähe des Görsdorfer Bahnhofes, zwischen dem Stellwerk und dem ehemaligen Bahnhof, ein erfolgreicher Angriff auf den deutschen Militärzug. Die bisher erfolgreiche Vierlingsflak des Militärzuges setzte zwar wieder zur Abwehr ein, doch hatte die Ex-

62

plosion eines Munitionswagens zahlreiche Tote und Verletzte zur Folge. Die Schreie der verletzten und sterbenden Soldaten waren bis nach Tremersdorf zu hören. Bei diesem Angriff hatten die amerikanischen Flieger einen hohen Munitionsverbrauch, wie Heinz Oppel zu berichten wusste, denn in der gesamten Flur lagen Patronen- und Granathülsen der Bordwaffen umher. Bei diesem Angriff gingen auch zahlreiche Dachziegel zu Bruch. Für die verletzten Soldaten des Militärzuges waren in Görsdorf in der Scheune und beim Stellmacher Meyer Notlazarette eingerichtet worden, um sie zu versorgen. Die Soldaten, die bei diesem Fliegerangriff ihr Leben verloren hatten, wurden später auf den Friedhöfen in Eisfeld und Coburg bestattet.

Bereits ein paar Tage später, am 11. April erfolgte der Einmarsch der Amerikaner in Görsdorf. Vorher hatten sie vom Lauterberg aus die umliegenden Ortschaften beschossen. Über die Weihersmühle, zwischen Truckendorf und Tremersdorf gelegen, erfolgte der Einmarsch in die Ortschaft Truckendorf. Bei dem vorhergehenden Beschuss wurde die Scheune von Oskar Eichhorn und das Anwesen von Franz Jacob getroffen. Von Truckendorf aus ging der Vorstoß weiter nach Weißenbrunn vorm Wald. Das Dorf Görsdorf wurde von Tremersdorf aus, von den Amerikanern, besetzt.

DIE STEINERNEN BRUNNENLÖWEN

Eine Sage über die Coburger Brunnen am Marktplatz

Auf den Brunnen des Marktplatzes in Coburg stehen zwei steinerne, wasserspeiende Löwen, davon wird in einer Sage erzählt:

Als einst ein reicher Geizhals aus der Stadt Coburg auf dem Sterbebett lag, bereute er seine Sünden auf das tiefste. Um sie zu sühnen, fasste er den Entschluss, seinen ganzen Besitz dem Waisenhaus mit der Bedingung zu vermachen, dass die Waisenkinder an seinem Grab weinen und für seine Seele beten sollten.

Als dies der Abt des Barfüßlerklosters – dieses war früher dort wo heute das Schloss Ehrenburg steht – vernahm, eilte er rasch zu dem Sterbenden, um ihm die Sakramente zu reichen. Unterwegs dachte der Abt: »Ich werde dem Mann zureden, dass er sein Geld und Gut nicht den Waisen, sondern dem Kloster vermacht«. Wegen seiner gottlosen Gedanken strafte ihn Gott dafür; denn plötzlich  wurden die Brunnenlöwen lebendig, sprangen fürchterlich brüllend von ihren Steinsockeln herab und verschlangen den Abt samt der Monstranz. Danach verwandelten sich die Löwen wieder in Stein zurück. Der Sage nach, soll der Abt zuweilen um Mitternacht, die zwölfte Stunde mit schaurigem Hornruf vom Kirchturm der Morizkirche verkünden.

Quellenhinweis: Andreas Stubenrauch

DIE WEIHERSMÜHLE

zwischen Tremersdorf und Truckendorf

Die Weihersmühle war eine der ältesten Mühlen im Flussgebiet der Lauter und versorgte zusammen mit der Tremersdorfer Mühle die oberen Dörfer des Lautergrundes: Neben Görsdorf, Truckendorf und Emstadt auch Rottenbach, Tremersdorf und Neukirchen. Die kleine Mühle, die bis in die Nachkriegsjahre hinein seit vielen Generationen in Familienbesitz war, nutzte das Quellwasser aus der Görsdorfer Lauter und aus dem Rottenbacher-Moor.

Im November 1961 wurde die auf ehemaligen DDR-Gebiet gelegene Mühle, wie so viele andere Gebäude an der deutsch-deutschen Grenzlinie, dem Erdboden gleichgemacht.

Dass der Ortsverbindungsweg von Tremersdorf nach Truckendorf einst an der Weihersmühle vorbeiführte, weiß heute kaum noch jemand. Nur die Älteren werden sich noch daran erinnern. Der alte Weg, dessen Überreste wenigstens noch in Fragmenten zu erkennen sind, war damals schon unterbrochen – erst durch Schlagbaum und Stacheldraht – dann durch Minengürtel und *Eisernen Vorhang*. Noch heute müssen die Autofahrer in Richtung Schalkau den etwa vier Kilometer langen Umweg über Görsdorf in Kauf nehmen.

Bereits im Jahr 1996 baten 35 Tremersdorfer Bürger mit einer Unterschriftensammlung den Lautertaler Gemeinderat die alte Straßenverbindung zwischen den beiden Orten wiederherzustellen. Man dachte dabei nicht an eine Straße für den Durchgangsverkehr, sondern es sollte nur eine Verbindung über die Lauter geschaffen werden, um Fußgängern und Radfahrern und vor allem landwirtschaftlichen Fahrzeugen den Weg zwischen Truckendorf und Tremersdorf erheblich zu erleichtern. Doch daraus wurde nichts.

Dem Verein *Axl im Wald* aus Tremersdorf ist heute ein kleiner Brückenübergang an der angesprochenen Stelle zu verdanken, der in vielen freiwilligen Arbeitsstunden von den Vereinsmitgliedern in deren Freizeit geschaffen wurde. Dabei wurde das Brückengewölbe in alter Form ebenfalls wieder mit hergestellt.

Auf diesem Foto, das mir ebenfalls Heinz Oppel aus Tremersdorf zur Verfügung stellte, ist die ehemalige Weihersmühle mit Sägewerk aus Richtung Truckendorf /Thüringen kommend zu sehen.

Repro: Ulrich Göpfert

DORLE REUKAUF-JACOB

Eine Coburger Künstlerin

Sie nahm die Familie, die Coburger, die Halbwelt aufs Korn, blieb dabei jedoch tolerant, manchmal verständnisvoll.

Die Künstlerin wurde am 12. Mai 1903 in Coburg im Haus Markt 14 geboren. Das Leben von Dorle Reukauf-Jacob war immer Zeichnen und Malen. Sie war eine ungewöhnliche Künstlerin, erstaunlich begabt, ein Leben lang irgendwie beschützt. Ihren sicheren, ganz persönlichen Blick hat sie unerschütterlich erhalten können. Dabei

69

war sie von einer Bescheidenheit, die beschämte.

Die Kinderskizzen der 3jährigen zeigten ihr großes Talent schon ganz deutlich. Sie saß im Laden, einem Sanitätsgeschäft, auf den Knien des Großvaters und durfte das Einwickelpapier von der Rolle mit einer Feder bemalen, meterweise, endlos, soviel sie brauchte, wie sie ihrem Sohn Wolf und Bekannten berichtete.

Als im Kunstverein Coburg, der damals noch im *Hexenturm* beheimatet war, Bilder der 10jährigen ausgestellt wurden, schrieb die *Coburger Zeitung* am 30. Dezember 1913: *Besonderes Interesse werden die Zeichnungen der 10jährigen Dora Jacob haben.* Man spricht von schlagfertiger Auffassungsgabe und naiver Gestaltungskraft einer begnadeten Kinderseele.

Dorle Reukauf-Jacob war von Anfang an von der Mode fasziniert. Sie stand deren Auswüchsen aber durchaus skeptisch gegenüber. Manche Satire und manche Kritik sind in den Blättern zu finden. Sie war stets ein Kind ihrer Zeit, ob sie den Foxtrott, die Revuen der tollen 20er Jahre darstellte, oder Kokainsüchtige und Ami-Liebchen Mitte der 40er Jahre. Sie nahm die Familie, die Coburger, die Halbwelt aufs Korn, blieb dabei jedoch tolerant, manchmal verständnisvoll.

Ein dreimonatiger Aufenthalt in Berlin 1929 hat nachhaltigen Eindruck auf die 28jährige gemacht. In Berlin kannte sie Heinrich Zille über Briefkontakte. Er war jedoch schon so krank, dass es nicht zu einem persönlichen Kennen lernen kam. Er gab ihr aber noch den Rat: *Keinesfalls auf eine Akademie zu gehen, denn da würden junge Talente leicht verdorben.*

Duisburg, Bonn waren weitere Stationen. Es folgte die Zeit der Scherenschnitte. Wie sie berichtete: »In den 30er Jahren in Bonn gab es keine Modeskizzen mehr, sondern am laufenden Band Scherenschnitte.« Dorle Reukauf-Jacob fertigte Entwürfe für Postkarten, Briefkassetten, Buch-Illustrationen. Sie gestaltete Pralinenschachteln für die Firma Pitius in Saalfeld, Sarotti und Mauxion. Veröffentlicht wurden ihre Arbeiten auch in der damals bekannten Zeitschrift *Gartenlaube* und in den Bänden des Coburger Heimatdichters Georg Eckerlein.

Als der erste Sohn Klaus 1934 zur Welt kam, machte sie mit allem Schluss. Eine große, schöne, glückliche Pause, wie sie es nannte. Der II. Weltkrieg brach aus. 1941 bekam sie ihren zweiten Sohn Wolf. Für die vielen Millionen Toten des Krieges hat sie ein dunkles Blatt in ihrem Album eingeklebt. Sie litt mit den anderen und hat selbst tiefe Trauer getragen. Der Tod ihres Sohnes Klaus trifft sie hart. Die Not der Nachkriegszeit wird in Bildern dokumentiert *Ruinen und Trümmerfrauen* – doch dann schreibt sie ein zweites Mal »Auf geht's«, in ihr Tagebuch: New Look der 40er Jahre,

A-Linie, Stöckelschuhe, Punk-Stil der 70er Jahre, Minimode, oben ohne, hinten unten ohne, Hosenanzüge, Jeans, Minilook, schwarze Fingernägel, Sturmfrisur, allen Albernheiten ihrer Geschlechtsgenossinnen hat sie ein Denkmal gesetzt.

Manche Kritik hat Dorle Reukauf-Jacob später zurückgenommen, hat sich dafür sogar entschuldigt. Ein Zeichen ihres immer beweglichen Geistes und auch menschlicher Größe. Sie war bis zu ihrem Tod im Jahr 1996 noch an allen Problemen und Fragen der Gegenwart interessiert, hat darüber diskutiert und vertrat ihre eigene Meinung.

Quellenhinweis: Dr. phil. Wolf Reukauf

FEUER, FEUER, DIE STADT BRENNT

Feuersbrunst in Neustadt bei Coburg

Der *Rote Hahn* wütete am 24. Juni 1839 in Neustadt bei Coburg. Er legte von 226 Häusern 179 in Schutt und Asche.

Von Naturkatastrophen sehen und hören wir sehr oft in den Medien. Doch auch die Menschen in früherer Zeit waren davon nicht verschont, wie man aus den Unterlagen entnehmen kann, die man in Neustadt aufgezeichnet hat. Der 24. Juni 1839 ist als ein unheilvoller Tag in die Stadtgeschichte von Neustadt eingegangen. Es war ein schrecklicher Tag für die Bevölkerung und für manchen Neustadter war es der letzte Tag in seinem Leben.

Was war passiert?

Schon seit vierzehn Tagen strahlte die Sonne unerbittlich heiß auf die Stadt und der starke Südwind brachte über das ganze Land eine anhaltende Trockenheit. Auch der Johannistag, der 24. Juni 1839 war ein heißer Tag und der größte Teil der Neustadter Bevölkerung war auf der Flur mit dem Einbringen der Heuernte beschäftigt. Gegen 12:45 Uhr erschallte der Schreckensruf *Feuer* durch die stillen Straßen. Die Glocken des Rathauses und der Stadtkirche verkündeten dieses Unheil weit über die Fluren hinaus. Keiner der herbeieilenden Bürger ahnte, dass er zum letzten Mal ihren wohlbekannten Klang hören würde.

»Bei wem brennt es?«, war die bange Frage. »Beim Kuder«, hieß es und alle strömten durch die engen Gassen zum Viehmarkt, wo aus dem Hausgiebel des Färbermeisters Kuder (Bäckerei Süßenguth) dicke Rauchwolken emporstiegen. Man nahm später an, dass einige Holzkohlenfunken aus der benachbarten Hufschmiede des Georg Bauersachs das Feuer verursachten. Trotz größter Anstrengung war es den herbeieilenden Einwohnern nicht möglich, den Brand zu löschen. Der fürchterliche Sturmwind trug binnen einer halben Stunde die verheerenden Flammen von Haus zu Haus bis in die sogenannte Mittelgasse (Wilhelmsstraße). Von hier aus verbreitete sich das Feuer sehr rasch gegen die Unterseite des Marktes, denn die größtenteils mit Strohwischen eingelegten Dächer boten den Flammen reichlich Nahrung.

Panische Angst ergriff die Einwohner. In Ledereimern schleppten sie aus dem Brunnen das Wasser herbei, um die Flammenwut zu dämpfen. Jedoch von einem Augenblick zum anderen steigerte sich die Not. Der immer stärker werdende Wind trieb die Funken über den Marktplatz bis zum Rathaus, dessen Dach schon zu brennen begann. Als auch auf dem Steinweg mehrere Häuser in Brand gerieten, eilten die entsetzten Menschen auf ihr eigenes Anwesen zu, um ihre Habe zu retten. Doch der größte Teil fand bereits sein Haus in Rauch und Flammen. Mit dem wenigen Hab und Gut, das sie retten konnten, rannten die verzweifelten Bewohner die Kirchgasse hinauf, um die Habseligkeiten bei der Kirche in Sicherheit zu bringen. Zu diesem Zeitpunkt konnte niemand ahnen, dass sich das Feuer bis auf diese Höhe ausbreiten würde.

Alle Eingänge zum Markt und Steinweg waren durch zusammenstürzende Häuser und Flammen gesperrt. Das Amtsgericht und mehrere Häuser auf dem Hafenmarkt (Ernststraße) fingen an zu rauchen und die Gefahr war auf das Höchste gestiegen. Die Nachricht über den Stadtbrand hat in Windeseile die Bewohner der Nachbargemeinden zur Hilfe gerufen. Alle vereinigten ihre Kräfte, um dem weiter um sich greifenden Feuer Einhalt zu gebieten. Den Sonneberger und Oberlinder Feuerwehren, die mit ihren Spritzen und Löschgeräten herbeigeeilt waren, verdanken die Neustadter die

75

Rettung des Amtsgerichtes und dadurch die Rettung des ganzen dahinterliegenden Stadtteiles.

Zur gleichen Zeit, als die Stadt in Flammen stand, brannten auch die am Fuße des Muppbergs gelegenen Häuser und Stadel, obwohl sie über 100 Schritt weit außerhalb der Stadt lagen. Noch unerklärlicher war der Waldbrand oberhalb der Orla-Quelle auf dem Muppberg. Größer wurde Not und Jammer. Hier sah man weinende Kinder ihre Eltern suchen, dort jammerten Eltern um ihre vermissten Kinder. Gegen 15 Uhr fing auch der Kirchturm auf der höchsten Spitze an zu brennen und nicht lange darauf die Kirche selbst. Dadurch geriet die, erst vor sechs Jahren neu erbaute Glockenberg-Schule in höchste Gefahr. Da erschienen die Spritzen aus Coburg mit vielen Mannschaften.

Auch die fürstliche Familie - Herzog Ernst und seine beiden Söhne, die Prinzen Ernst und Albert, eilten aus Coburg an die Unglücksstelle. Unter ihrer Leitung ist es nach großen Anstrengungen gelungen, das Schulgebäude zu retten und das weitere Ausbreiten des Feuers zu dämpfen.

Die Bilanz der schrecklichen Feuersbrunst

Trotz aller Anstrengungen lagen am Abend von 226 Häusern der Stadt 179 Häuser in Schutt und Asche. Dabei nicht gezählt die vielen Hinter- und Nebengebäude; das Rathaus, die Kirche, die

76

Pfarrhäuser und 19 Stadel wurden ein Opfer der Flammen. Aber auch Menschen waren als Opfer dieses unglückseligen Tages zu beklagen. Ein Säugling und ein sechsjähriger Junge fanden in den Flammen den Tod. Die Witwe des Bäckermeisters Witthauer fand man in einem Keller vom Rauch erstickt. Es war ein Wunder, dass nicht noch mehr Menschen in den Flammen umkamen.

Die verschonte Glockenbergschule

Bis tief in die Nacht wüteten die Flammen auf der Unglücksstätte. Mit mehr als 60 Feuerwehrspritzen bekämpften sie den Brand. Viele Rettungsmannschaften durften die Stadt mehrere Tage nicht verlassen. Noch in der dritten Nacht nach dem Brandtage drohte den verschont gebliebenen Häusern Gefahr, denn der anhaltende Südwestwind wühlte ständig neue Funken und Flammen auf.

Durch den verheerenden Brand hatte ein großer Teil der Neustadter Bürger ihr gesamtes Hab und Gut verloren und die meisten retteten nur ihr nacktes Leben. So groß aber die Not war, so schnell war auch die Hilfe und Unterstützung von nah und fern. Schon am Abend des Brandtages waren mehrere Wagen mit Brot und Lebensmittel, großen Mengen an Kleidungsstücken, Wäsche und Betten aus Coburg und Sonneberg eingetroffen. Als Verteilungsstelle wurde das Schützenhaus eingerichtet. Doch nicht nur aus der näheren Umgebung kam Hilfe, auch aus Frankfurt, Schweinfurt, Hildburghausen, Meiningen, Altenburg und Leipzig. Außerdem wurden große Geldbeträge gespendet, um die größte Not zu lindern. Sogar eine Schulklasse aus Schleiz schickte den schwer geprüften Bürgern 47 Gulden.

Der Aufbau

Im Frühjahr des Jahres 1840 konnte man mit dem Aufbau der Stadt beginnen, nachdem die Aufräumungsarbeiten der Brandstätte beendet waren. Nach einem neuen Plan begann man Haus um Haus, Straße um Straße wiederaufzubauen, sowie ein neues Rathaus zu errichten und bis zum Jahre 1841 war der größte Teil der Stadt neu entstanden. Nachdem auch die Stadtkirche ein Opfer der Flammen wurde und der Gottesdienst deshalb in der Friedhofskapelle abgehalten werden musste, konnte mit der Errichtung der neuen Stadtkirche erst im Jahre 1846 begonnen werden. Am 29. Oktober 1848 läuteten zum ersten Mal die Glocken des heutigen Gotteshauses über der neuen Stadt.

Quellenhinweis: Erwin Drobik, Andreas Stubenrauch

ICH BIN DER DOKTOR EISENBARTH...

Johann Andreas Eisenbarth in Coburg.

Wer kennt nicht das Lied »Ich bin der Doktor Eisenbarth, kurier die Leut` nach meiner Art...?

Marktplatz in Coburg

Am 13. Juni 1713 ist Johann Andreas Eisenbarth in Coburg eingetroffen, schlug auf dem Marktplatz seine Bühne auf und begann sein Gewerbe auszuüben.

Johann Andreas Eisenbarth (Eysenbarth) wurde am 27. März 1663 in Oberviechtach geboren. Er erlernte wie sein Vater das Handwerk des Oculisten (Augenarzt), Stein- und Bruchschneiders. Ei-

80

senbarth kam nach dem Tod seines Vaters 1673 zu seinem Schwager Alexander Biller nach Bamberg und erlernte dort diesen Beruf. Im Jahre 1684 legte er die Gehilfenprüfung ab. Anschließend kam Johann Andreas Eisenbarth in ein Kloster. Dort gefiel es ihm nicht und so verließ er das Kloster nach kurzer Zeit wieder. Er machte sich selbständig und reiste seit 1686 als Wundarzt durch die Lande. Zur damaligen Zeit war Wundarzt ein eigenständiges Handwerk. Der akademische Arzt war bis in die Mitte des 18. Jahrhunderts nur für die innere Medizin zuständig. Eisenbarth machte durch erfolgreiche Heilungen auf sich aufmerksam. Auf Wochenmärkten praktizierte er und verkauft seine Wund- und Arzneimittel. Sein »Balsamischer Haupt-, Augen- und Gedächtnisspiritus« ein Wunder-Tonikum gegen: Augenleiden, Kopfschmerzen, Ohrensausen, Schwindelgefühle etc., war ein richtiger Verkaufsschlager.

Auf diesen Reisen begleiteten ihn zu Werbezwecken Gaukler, Musiker und Tänzer. Teilweise war diese Truppe 120 Mann stark. Eisenbarth entwickelt eine Starnadel und einen Haken zur Entfernung von Nasenpolypen. Im Jahre 1703 erwarb Eisenbarth in Magdeburg das Wohn- und Brauhaus Zum güldenen Apfel, in dem er auch seine Arzneimittel herstellen ließ. Aber er zog auch weiter durch das Land. 1716 wurde der Auftritt von Gauklern auf Jahrmärkten in Preußen verboten. Eisenbarth praktizierte in Gasthöfen und in vornehmen Häusern. Im Jahre 1717 erhält Eisenbarth von König Friedrich Wilhelm I. den Titel *Königlich preußischer Hofrat und Hofokultist* verliehen. Am 11. November 1727 starb Johannes Andreas Eisenbarth während eines Aufenthalts in Hann. Münden. 1837 wurde sein Grabstein in Münden zufällig wiederentdeckt. Um 1800 entstand das Lied vom Doktor Eisenbarth. In dem Spottlied wird das oftmals betrügerische Vorgehen von Wanderchirurgen auf die Person Eisenbarth übertragen. Der wissenschaftlichen Forschung ist es zu verdanken, dass der Ruf Eisenbarths als medizinische Kapazität wiederhergestellt wurde.

Aus einem Lesebuch von 1918

Es war am 12. Juni 1713, als sich ein stattlicher Wagenzug auf der alten Geleitstraße von Gräfenthal nach dem Gebirgskamm des Thüringer Waldes hinaufbewegte, den Rennsteig bei der »Kalten Küche« kreuzte und dann über Judenbach den Weg nach der Ebene hinunternahm. Von den gewöhnlichen Frachtfuhrwerken unterschied sich der Zug in bemerkenswerter Weise. Die Lastfuhrzeuge waren beladen mit eigenartigem Holz- und Balkenwerk, wie von einer wandernden Bühne. Musikgeräte waren dazwischen zu erkennen. Außer den Fuhrleuten lief eine größere Anzahl von Leuten neben den Karren und Wagen umher. Der Besitzer und Herr des ganzen Trosses, der selbst im ersten Wagen mitreiste, war Johann Andreas

Eisenbart, der damals bekannte Wander- und Wunderheilkünstler. Er war kein wissenschaftlich gebildeter Arzt, sondern Wundarzt und Augenbehandler. Doch er hörte es gern, wenn die Leute ihn »Doktor« nannten.

Bei der Ankunft in einem Ort pflegte Eisenbarth mit großem Prunk aufzuziehen. Seine Dienerschaft musste auf dem Markt eine Bühne aufbauen. Durch die grellen Töne einer eigenen Musikband sowie durch Gaukelspiel eigener Possenreißer wurde das Volk angelockt, um den Worten des großen Mannes zu lauschen und sich seiner Behandlung anzuvertrauen.

Die Kunst marktschreierischer Anpreisung verstand Eisenbart vortrefflich. Herzog Johann Ernst von Sachsen verlieh ihm während seines Saalfelder Aufenthaltes einen besonderen Freibrief und erlaubte ihm nach vorheriger Anmeldung auch in Coburg aufzutreten.

Schon Anfang Juni 1713 war von Saalfeld aus die bevorstehende Ankunft Eisenbarths nach Coburg gemeldet worden mit der Anweisung, ihm keine Hindernisse zu bereiten. Als Eisenbarth am 13. Juni 1713 in Coburg eintraf, schlug er seine Bühne auf und begann sein Gewerbe auszuüben, jedoch ohne die lärmende Begleitung von Pauken und Trompeten, da ihm zur Bedingung gemacht worden war, in Coburg auf die Musik zu verzichten.

Er fand auch hier aus Stadt und Land massenweise Zulauf. Bei der damaligen einfachen Einteilung der Heilkunde in äußere und innere Krankheiten kamen alle Messereingriffe, auch die schwierigsten, dem Wundarzt zu, die Vornahme von inneren Behandlungen aber nur dem wissenschaftlich gebildeten Arzt. Gleich wie an anderen Orten, kehrte er sich auch in Coburg nicht an diese Beschränkungen, sondern griff zum Ärger der Ärzte und Apotheker in deren Gebiet über, indem er mit zahlreichen Apothekerwaren handelte, Arzneien bereitete und verkaufte und innerlich wie äußerlich Krankenbehandlungen vornahm.

Da nun außerdem in Coburg dem Wandervogel das Missgeschick begegnete, dass der Pfarrgehilfe Joachim Hildebrand von Sonnefeld, der sich von ihm innerlich hatte behandeln lassen, am 14. Juli verstarb und das Gerücht aufkam, dieser Todesfall sei infolge von Eisenbarths Arzneien eingetreten, so ist begreiflich, dass Beschwerden nicht ausblieben.

Am 19. Juli 1713 erhob der Apotheker Christoph Herzog in Coburg bei der Regierung entschiedenen Einspruch gegen das Auftreten des so genannten »Arztes« Eisenbarth, weil dieser entgegen allen Ordnungen sowohl den Ärzten wie den Apothekern merklichen Schaden zufüge. Der Apotheker Herzog kam aber mit seiner Eingabe zu spät, denn Eisenbarth hatte unterdessen seine

84

Bühne abgebrochen und war weitergezogen, ehe die Beschwerde zur Erledigung gelangte.

Zum Abschluss meines Beitrages über Johann Andreas Eisenbarth das Volkslied das die Erinnerung an ihn durch die Jahrhunderte wachgehalten und viel zu seiner Volkstümlichkeit beitrug:

Ich bin der Doktor Eisenbarth!

Ich bin der Doktor Eisenbarth,
kurier die Leut' nach meiner Art.
Kann machen, dass die Blinden gehn,
und dass die Lahmen wieder sehn.

Zu Köln kuriert' ich einen Mann,
dass ihm das Blut in Strömen rann:
Er wollt' immun vor Pocken sein,
ich impft's ihm mit dem Bratspieß ein.

Des Pfarrers Sohn in Donau Ulm,
dem gab ich ein Pfund Opium;
Er schlief darauf die Tage und Nacht
und ist bis jetzt nicht aufgewacht.

Es hatt' ein Mann in Langensalz
'nen zentnerschweren Kropf am Hals;
Den schnürt' ich mit dem Heuseil zu
was denkst du wohl, der hat jetzt Ruh!

Zu Ems da nahm ich einem Weib
zehn Fuder Steine aus dem Leib;
Der letzte war ihr Leichenstein:
Sie wird jetzt wohl zufrieden sein.

Das ist die Art wie ich kurier,
sie ist probat, ich bürg dafür;
Dass jedes Mittel Wirkung tut,
schwör ich bei meinem Doktorhut.

KLEINER ROSENGARTEN IN COBURG

Historische Gartenanlage

Ab 1913 erwarb Zar Ferdinand I. von Bulgarien dieses und weitere Anwesen in unmittelbarer Umgebung für seinen Hofstab. 1922 verkaufte er Park 4 mit dem Gelände der ehemaligen Hofgärtnerei an den Geheim- und Staatsrat Oscar Arnold aus Neustadt bei Coburg.

Noch im selben Jahr beauftragte er den damaligen Stadtbaurat Max Böhme mit der künstlerischen Leitung und Umsetzung eines Plans für eine Ziergartenanlage, die der thüringische Gartenbauinspektor Wallbau von der Gartenbauschule Köstritz entwarf. Das leicht abfallende Gelände wurde durch Aufschüttung planiert, die zwei Ge-

87

wächshäuser zum Hofgarten bis auf die Hangstützmauern niedergelegt. Da diese Mauern optisch zu hoch wirkten, wurden sie bis um 1,40 m abgetragen und an die dort stehenden vier Zinnentürme gestalterisch angepasst.

1927 erwarb die Stadt dieses Gelände samt dem Haus Park 4. Sie widmete diese Anlage den Bürgern. Entsprechende Treppen und Wege verband sie mit dem Hofgarten und Schlossplatz zu einer öffentlichen Schauanlage. Um den Einblick in seinen Privatgarten zu verhindern, ließ Zar Ferdinand 1926 / 34 eine Vogelvoliere für seine ornithologische Sammlung am Ostende des Kleinen Rosengartens bauen.

Seit den 50er Jahren ist es auch das Domizil des Kunstvereins Coburg am Fuße des Hofgartens im schönen Ambiente des kleinen Rosengartens.

Um 1970 wurde der Kleine Rosengarten mit Stadtbaudirektor Hans-Harro Stitz modern umgestaltet. 1994 wurde der Kleine Rosengarten nochmals landschaftsgestalterisch überarbeitet.

Hier finden wir auch einige Kunstobjekte:

Vor den Gewächshausmauern westlicher Teil: Ein lebensgroßes Standbild »Phryne« um 1908 von Ferdinand Lepcke; Faunherme und Wandbrunnen mit Putto, Neurenaissance, späteres 19. Jahrhundert.

Vor dem östlichen Teil: Kopien dreier allegorischer Sandsteinfiguren, mittleres 18. Jahrhundert, Originale in Park 4a.

Quellenhinweise:
Amtliche Denkmalliste der Stadt Coburg
Prof. Otto Titz (2000): Stadt Coburg - Denkmäler in Bayern

KULINARISCHES COBURG

Bratwurst, Bier und Bäckerkunst

Nirgendwo auf der Welt gibt es so viele Metzgereien, Bäckereien und Brauereien wie in der Genussregion Coburg.

Die begehrten Coburger Bratwürste

Wer sich dem Marktplatz nähert, sieht in der Regel auf den ersten Blick nichts weiter als eine riesige Rauchwolke. Gleichzeitig empfängt den Besucher ein herrlicher Duft, der von dieser Rauchwolke ausgeht. Folgt man dem Wohlgeruch durch die Wolke, erkennt man schnell den *Brandherd*: Es sind die kleinen Bratwurstbuden, in denen Coburgs berühmteste Spezialität auf dem Rost über der Kiefernzapfenglut brutzelt: Die Bratwurst. Vom Fernsehsender VOX wurde sie von einer Fachjury vor nicht allzu langer Zeit zur besten in ganz Deutschland gekürt. Damit ließ sie sogar ihre Konkurrenten aus Nürnberg und Thüringen hinter sich.

Wer sich beim Essen die Frage stellt, welche Länge die Wurst eigentlich hat, braucht nur einen Blick aufs Rathausdach zu werfen. Dort thront der Coburger Bratwurstmohr, der der Sage nach mit seinem Marschallstab, den er in der Hand hält, das exakte Wurstmaß anzeigt.

Satt essen sollte man sich an den leckeren Bratwürsten aber noch nicht. Denn nur wenige Meter weiter wartet der Nachtisch: Die berühmten Coburger Schmätzchen der Hofbäckerei Feyler. Seit über 100 Jahren werden sie nach einer überlieferten Familienrezeptur aus Bienenhonig, Mandeln, Haselnüssen und einer besonderen Gewürzmischung hergestellt. Es gibt sie naturbelassen oder als Goldschmätzchen mit Schokolade überzogen. Verziert werden sie mit einem Tupfer echten Blattgoldes. Sie sind übrigens auch ein ideales Geschenk oder Mitbringsel für Daheimgebliebene.

Bierflaschenetikett: »Grenzfürst« - aus dem ehemaligen Coburger Hofbräuhaus Foto:
© *Norbert Niermann, Coburg*

Wer nach dem vielen Essen Durst bekommen hat, sollte sich unbedingt ein kühles Bier gönnen. Die Auswahl ist grenzenlos: Oberfranken ist mit seinen rund 200 Brauereien, in denen über 1000 verschiedene Biere gebraut werden, das Zentrum der bayerischen Bierkultur. Und nicht nur hier haben die Oberfranken die Nase vorne: Nirgendwo auf der ganzen Welt gibt es so eine große Dichte an Bäckereien und Metzgereien wie in der Genussregion Coburg.

Bei einem derart riesigen Angebot an Spezialitäten liegt es nahe, dass auch das größte Gourmetfest Nordbayerns in der Vestestadt stattfindet: Jedes Jahr im Juli verwandelt sich der Coburger Schlossplatz in einen einzigen Gourmettempel. Im wunderschönen Ambiente zwischen Ehrenburg, Landestheater und Arkaden werden neben den regionalen Köstlichkeiten unter anderem auch Hummer, Sushi, Lachs, Prosecco und Cocktails angeboten. Unterhalten werden die Besucher auf Showbühnen mit Livemusik, Akrobatik und Comedy-Kunst.

Quelle: Stadt Coburg

MAX DER GRATULANT

Ein Coburger Original

Bunte Farbtupfer brachten und bringen Originale in den Alltag einer jeden Stadt oder Gemeinde. In Coburg war dies unter anderem Max Scharlitzky, genannt "Max der Gratulant«. Er wurde in einem Schaltjahr am 29. Februar 1840 geboren, demzufolge konnte man ihm nur alle vier Jahre zum Geburtstag gratulieren. Er besserte seinen Etat durch Gratulationen zu allen möglichen Anlässen auf.

Der Coburger Maler Wilhelm Scheibe hat von *Max dem Gratulanten* ein Ölbild gemalt, das sich im Besitz der Stadt Coburg befindet. Dieser Aufsatz und das Repro sollen an den kleinen Mann mit dem weißen Spitzbart und dem freundlichen Lächeln auf dem Gesicht erinnern

Er wurde als viertes Kind der Köchin Johanna Charlotte Scharlitzky geboren. Lange Zeit wohnte er in einem bescheidenen Stübchen im Hause Leopoldstraße 1. Max Scharlitzky war ein armer Teufel. Er übte den Beruf des Schneiders aus, aber sein Berufsstolz und Bildungsbewusstsein veranlassten ihn, sich als *Tailleur* und *Kleiderreiniger* zu bezeichnen.

Als Schneider hatte er ein sehr geringes Einkommen, denn damals vor dem ersten Weltkrieg, hielten die Anzüge noch ein ganzes Leben. Deshalb kam er auf die glorreiche Idee, sein Einkommen durch Gratulationen zu allen möglichen Anlässen aufzubessern.

Er war klein von Gestalt, aber wie es sich für einen Gratulanten gehört, zeigte er immer ein freundliches Lächeln auf seinem Gesicht. Selten sah man ihn auf der Straße ohne den festgebundenen Blumenstrauß in der linken Hand. Mancher argwöhnte, dass er die Blumen oft mehrfach verwendete, wenn er an einem Tag gleich mehrere Besuche absolvierte. Auch munkelte man, dass er die Blumen für diese festlichen Anlässe oft illegal ‚organisierte‘.

Die *Kreissäge,* so bezeichneten die ‚Alten Coburger‘ seinen runden Strohhut, hielt er bei seinen Gratulationsauftritten immer in der rechten Hand. Sein Jackett und Hose waren ihm viel zu groß, was eigentlich zu seinem hochtrabenden Titel *Tailleur* nicht passte. Man nannte seine Hose auch ‚Korkenzieherhose‘. Auch seine Schuhe hatten schon bessere Zeiten gesehen, man sah ihnen die verflossene Eleganz an. Seine Füße hatten in ihnen zweimal Platz.

Zu den festlichen Anlässen kam Max meist ungeladen, teils wünschte man seine Präsenz. *Max der Gratulant* brachte durch sein Auftreten eine lustige Abwechslung in den Ablauf der Festlichkeit. Seine Glückwünsche überbrachte er in hochtrabenden Reden mit näselnder Stimme und er gab unter anderem auch fröhliche Lieder zum Besten. Regelmäßig sang er aber sein *Lied von der Lerche.*

Die Ausführung und Anzahl der Liedstrophen richtete sich nach dem zu erwartenden Trinkgeld und den essbaren Gaben, die ihm mit auf den Weg gegeben wurden. An seinen vollgestopften Jacketttaschen konnte man den erfolgreichen Auftritt äußerlich ablesen.

Und hier eine kleine Kostprobe aus den Vorträgen seines Lerchenliedes:

»Singen kann die Lerche wohl,
aber Noten kennt sie nicht«
oder

»Lieder singt die Lerche wohl,
aber Bratwörscht frisst sie nicht«

Die Verse seines Lerchenliedes hatten immer einen anderen Schluss. Er hatte immer die Lacher

96

auf seiner Seite, weil er mit diesem Unsinn immer große Heiterkeit bei der Festgesellschaft zu erzeugen wusste.

Niemand berichtete über seine letzten Jahre Er, der so viele Menschen besucht hatte, um Ihnen Glück zu wünschen, wird im Alter wohl weniger Besuche und noch weniger Glück gehabt haben. Man sah Max nur noch selten in der Stadt. Auch aus den Adressbüchern der Stadt Coburg verschwand sein Name, denn Insassen des Armenhauses wurden darin nicht mehr erwähnt. Seine letzten Jahre verbrachte er im einstigen Armenhaus hinter der Nikolaikirche in der Ketschendorfer Straße. Im Alter von 74 Jahren starb er am 26. September 1914 im Armenhaus in Wüstenahorn.

Quellenhinweis: E. Eckerlein, Oelenheinz

NICOLAUS ZECH

Fürstlich Sächsischer Landrentmeister und Kammerrat am Hofe von Herzog Johann Casimir

Herzog Johann Casimir gilt unter den Fürsten des Coburger Landes als einer der Größten und seit Jahrhunderten wird sein Andenken in hohen Ehren gehalten. Die prächtigen Staatsbauten, die er errichten ließ, werden heute noch bewundert und beweisen, wie gut er es verstand, seine Macht aller Welt vor Augen zu stellen. Er besaß eine glückliche Hand, tüchtige Männer an sich zu ziehen und ihre Kräfte für seine Zwecke zu nutzen.

Einer von diesen Männern war der Fürstlich Sächsische Landrentmeister und Kammerrat Nicolaus Zech. Von bäuerlicher Herkunft, stieg er in kurzer Zeit vom Küchenschreiber am Hofe von Herzog Casimir zu einem der höchsten Regierungsbeamten empor. Klug und geschickt ordnete er die ungeheure Schuldenlast des Herzogs, vereinfachte die Hofverwaltung und verbesserte die Staatseinnahmen. Schwierige Aufgaben, die ihm übertragen worden waren, erledigte er zur vollen Zufriedenheit des Herzogs. Dieser überhäufte ihm mit Gunstbeweisen und wurde sein erklärter Freund. Nicolaus Zech war seinem Landesherrn mit ganzer Seele ergeben und unermüdlich um dessen Wohl besorgt. Gewissenhaft erfüllte er seine Pflicht und niemand konnte ihm Unredliches nachsagen. Dabei war er kein Schmeichler und Schöntuer; mit gesundem Menschenverstand begabt, redete er frei von der Leber weg und hatte eine scharfe Zunge, die niemand schonte, auch nicht die hohen Herren bei Hofe. Oft genug warf er ihnen Unfähigkeit vor. Einmal benötigte der Herzog eine bedeutende Summe Geld und wandte sich deshalb an seine Räte. Sie übersandten als Antwort kluge Ratschläge, aber kein Geld.

Nicolaus Zech rahmte ihre Unterschriften ein und schrieb dazu: »Wascht mir den Beltz und machtt mir In Nichtt nass. Ich hab das Geld geschafft gehabt, ehe sie diese Rahdschlagung gehaltten, Ist nur zur Versuchung An sie kommen«. Nicolaus Zech, F.S. Rendtmeister. Und weiter: »Viel knippens und knappens und wenig zu fressen, sagt jener Narr.«

Diesen offenkundigen Hohn vergaßen ihm die Herren nicht. Mit der Gunst Johann Casimirs wuchs auch die Zahl der Neider und Feinde Zechs bei Hofe. Heimlich nannte man ihn bereits ‚den wahren Fürsten des Landes‘. Doch als es 1601 zwischen Zech, dem Kanzler Volkmar Scherer und dem Hofmarschall von Gottfahrt zum offenen Bruch gekommen war, schied Zech, der sich zeitlebens nie nach einem Amt gedrängt hatte, aus der Regierung aus und zog sich auf sein Gut Scheuerfeld zurück. Dort wirkte er als Dorfherr und Begründer der Pfarrei. Durch Hetze und Verleumdung suchten nunmehr Zechs Feinde, die Freundschaft des Herzogs zu untergraben. Sie trugen dem Herzog zu, Zech überhebe sich mit seinen Leistungen und schmälere die Verdienste des Herzogs um sein Land und lasse den gebührenden Respekt vor dem Landesherrn vermissen. In seiner Überheblichkeit achte er die anderen Diener des Herzogs gleich Fußsocken …

Johann Casimir, nunmehr auf die Dienste jener Männer allein angewiesen, erkannte, dass es zu seinem Vorteil wäre, den getreuen Zech fallen zu lassen und opferte ihn dem Hass seiner Feinde, zu denen auch Johann Ernst, der Bruder Johann Casimirs zählte. Nichts hat die fürstliche Ehre Johann Casimirs mehr besudelt als der Verrat an Nicolaus Zech.

Am 14. April 1603 wurde Zech verhaftet und gefangen auf die Festung überführt. Von guten Freunden vorher gewarnt, wäre es ihm ein leichtes gewesen, zu fliehen, hätte er ein schlechtes Gewissen gehabt. Sein Vertrauen auf die Hilfe Johann Casimirs war so groß, dass er noch nach wochenlanger Haft erklärte, die Gefangensetzung sei nur das Werk seiner Feinde und nicht der Wille des Herzogs. Vergeblich bat er flehentlich, dem Herzog gegenübergestellt zu werden, um sich zu rechtfertigen. Als er erkennen musste, wie erbärmlich der Fürst an ihm gehandelt hatte, fügte er sich gebrochen und gottergeben in sein unverdientes Schicksal.

In der Anklage wurde Nicolaus Zech vorgeworfen:

Punkt 1: *Er habe in einem Brief das Andenken des Vaters Johann Casimirs beleidigt.*

Punkt 2: *Er habe seine dienstliche Schweigepflicht verletzt, indem er geheime. Dienstsachen sowie seine Bestallung nicht rechtzeitig abgeliefert hätte.*

Punkt 3: *Seinem Pfarrer Einblick in die Akten gewährt und solche versteckt.*

Punkt 4: *Habe er bei der Erbteilung Uneinigkeit zwischen den herzoglichen Brüdern gestiftet.*

Punkt 5: *Habe er über 100 Briefe, die er von Johann Casimir empfangen, nicht zurückgegeben.*

Für diese ‚Verbrechen' forderte die Anklageschrift die Todesstrafe. Das Fürstliche Hofgericht unter dem Vorsitz des aufrechten Peter Wesenbeck machte jedoch das Planen der Gegner Zechs zunichte! In dem Urteil vom 17. und 18. Juli 1603 wurde ausgesprochen, Zechs Vergehen seien derart, dass eine Geldstrafe genüge; angesichts der Verdienste des Angeklagten stehe es einem Fürsten wohl an, auch diese Strafe zu erlassen. Im Übrigen sei die Briefsache, der Hauptanklagepunkt, nach Sächsischem Recht verjährt. Dieses Urteil, das einem Freispruch gleichkam, wurde von Johann Casimir unterschlagen. Er wandte sich mit der gleichen Anklageschrift an die Juristenfakultät

Marburg, die, willfähig genug, das Todesurteil gegen Zech praktizierte, das *aus besonderer Gnade* in lebenslängliche Haft auf eigene Kosten umgewandelt wurde.

Von all diesen Vorgängen erfuhr die Öffentlichkeit nichts. Zech sollte nach dem Willen des Herzogs auf alle Zeit für die Welt tot sein. Zechs Frau war inzwischen vor Kummer gestorben. Die unversorgten Kinder Marcus und Helena durften ihren Vater nie wiedersehen. Das gesamte Vermögen wurde beschlagnahmt. Ärztliche Hilfe und Medikamente wurden dem erkrankten Zech auf herzoglichen Befehl verweigert, dass er desto rascher sterbe. Nur geistliche Beistand gestand der Herzog seinem Opfer zu.

Am 2. Februar 1607 erlöste der Tod den leidgeprüften Mann auf der Veste. Der Sarg musste sofort vernagelt werden, damit niemand mehr den Toten sehen konnte. Sogar die Leichenpredigt wurde dem Dahingeschiedenen verweigert. Auf dem Salvatorfriedhof in Coburg fand Nicolaus Zech seine letzte Ruhestätte. Erst die Gegenwart stellte die Ehre seines Namens wieder her. Im Coburger Ortsteil Scheuerfeld hat man eine Straße nach Nicolaus Zech benannt

Quellenhinweis: Dr. Ingo Krauß

RAUBMÖRDER JOHANN HEIN

Er wird 1928 gefasst und in Coburg zum Tode verurteilt

Bei meinem Besuch im Stadtarchiv Coburg habe ich einen meines Erachtens interessanten Beitrag aus dem Jahr 1928 gefunden. In diesem wird vom Raubmörder Johann Hein berichtet, der im Jahr 1928 gefasst und durch das Schwurgericht Coburg zum Tode verurteilt wurde. An dieser Stelle möchte ich mich beim ehemaligen Leiter des Stadtarchivs Coburg, Herrn Hans-Jürgen Baier, für die gewährte Unterstützung recht herzlich bedanken.

Außerdem erhielt ich am 06. August 2014 folgende Email:

Vielen Dank für Ihren interessanten Artikel. Zu Ihrer Information: der Bildjournalist Erich Salomon (1886-1944) hat versteckt aufsehenerregende Fotos während des Gerichtsprozesses gegen Johann Hein gemacht - eines dieser Bilder ist in der IfA-Ausstellung "Zeitsprung" zu sehen, die wir von Februar-April 2015 in Edinburgh (Stills) zeigten.

Barbara Kaulbach

Direktorin Goethe-Institut Glasgow

Johann Hein in Begleitung von Polizeibeamten in Coburg
Bildquelle: Stadtarchiv Coburg/Repro: Ulrich Göpfert

Untersiemau/Coburg

Am 2. Februar 1928 erschießt der 26jährige Raubmörder Johann Hein aus Düsseldorf in Untersiemau den Polizeibeamten Hermann Scheler. Hein war kein unbeschriebenes Blatt, bereits zuvor hatte er drei Morde begangen und wurde deswegen in ganz Deutschland gesucht. Im Wald zwischen Weingarten und Schloss Banz wird er gefasst und nach Coburg gebracht.

Am 16. Juli 1928 beginnt der mit großer Spannung erwartete Prozess gegen den Raubmörder Johann Hein. Er findet nicht im Landgericht Coburg, sondern in einem Raum im ehemaligen Landgerichtsgefängnis in der Leopoldstraße statt. In Extrablättern berichtete das Coburger Tageblatt über den Verlauf des Prozesses. Am 18. Juli warten einige Hundert Schaulustige in der Leopoldstraße auf die Urteilsverkündung. Der Arbeiter Johann Hein aus Düsseldorf wird vom Schwurgericht wegen vierfachen Mordes zum Tode verurteilt. Das Urteil wird in der Revisionsverhandlung im September des Jahre 1928 bestätigt. Das vom Schwurgericht in Coburg verhängte Todesurteil wird im März 1929 in eine lebenslängliche Zuchthausstrafe umgewandelt. Das Begnadigungsschreiben wird dem Raubmörder Hein im Gefängnis vom bayerischen Justizminister Dr. Gürtner persönlich überbracht.

Doch damit ist die Geschichte über den Raubmörder Hein noch nicht zu Ende. Im Mai 1933 wird er, dessen Todesstrafe 1929 in eine lebenslängliche Haftstrafe umgewandelt worden war, in einem erneuten Gerichtsverfahren wieder zum Tode verurteilt. Hein wird aus Coburg fortgebracht und hingerichtet.

Quellenhinweis: Stadtarchiv Coburg

VOM HAMSTERN, PFERDEFLEISCH UND SPITZBUBEN

Die Notzeiten nach dem Ersten Weltkrieg in Dörfles

Am Beginn des 1. Weltkrieges dachten alle dieser Krieg wäre nur ein kurzer Spaziergang und in ein paar Wochen vorbei. An Not und Elend, die ein jeder Krieg mit sich bringt, dachte damals noch keiner. Die Teuerung nahm in Dörfles, wie überall zu. Das Einkaufen von Lebensmitteln war unmöglich geworden; es wurden fast ausnahmslos Tauschgeschäfte vorgenommen. Die Bewohner aus den Oberlanden um Sonneberg kamen herunter bis in die Coburger-, ja bis in die Bamberger Gegend, um sich Lebensmittel zu beschaffen. Dabei durfte man sich nicht einmal ertappen lassen, sonst war man seine mühsam gesammelten Waren los, denn die Gendarmerie nahm alles ab, was

106

nicht rechtmäßig, d. h. zuteilungsmäßig, erworben war. Und manch armer Schlucker machte hier bittere Erfahrungen.

Dabei war die Not in Dörfles noch nicht einmal so groß, denn jeder Hausbesitzer hatte sich fast ausnahmslos bei der Zerschlagung des Sommerschen Gutes durch den Makler Wertheimer aus Lichtenfels ein Stück Land, das er schon früher gepachtet und versorgt hatte, gekauft. Mancher Hausbesitzer war schon fast ein Kleinlandwirt. Jeder hatte Viehzeug, teilweise schon eine Kuh, zumindest aber Ziegen und sonstiges Kleinvieh. Er baute auch seine Kartoffeln selbst an. So hatte sich der Grundstücksverkauf des Sommerschen Gutes auf die Ernährungslage 1919 in Dörfles günstig ausgewirkt. Hinzu kam, dass fast alle Frauen arbeiteten, entweder bei den zwei Bauern in Dörfles oder auf dem Rittergut Neudörfles. Dort waren immer 20 bis 30 Frauen beschäftigt, denn man lebte ja noch nicht in der Zeit der Maschinerie. Es wurden noch viele Arbeitskräfte gebraucht. Alle diese Frauen, auch wenn der Lohn nicht hoch war (am Tag 70 Pfennig), konnten sich eine Brotration mit nach Hause nehmen. So überstanden ihre Familien doch recht gut diese Notzeiten (1919 - 1922).

Pferdefleisch

Gleich am Ende des Krieges wurde in Dörfles bekannt, dass überall dort, wo man größere bespannte Einheiten auflöste, Hunderte von Pferden versteigert und verkauft wurden. Da machten sich auch vier Dörfleser Männer auf, um solches Pferdematerial zu erwerben. Einer von ihnen war Kavallerist gewesen und ging uniformiert mit auf die Tour, um besseren Anschluss zu finden.

Es wurde auch tatsächlich der Fall, dass man in Schlüchtern in Hessen, in Erfurt und Kassel einige Pferde gekauft und mit dem Bahntransport nach Hause gebracht hat. Bei dem Verstrich in Erfurt waren auch viele verletzte Pferde darunter. Man gab diese als Schlachtware um den Preis von 50 Mark pauschal, ab, damit sie nicht verhungerten. Pferdefutter gab es nicht viel. 30 Schlachtpferde wurden gekauft und nach Dörfles gebracht. Dort wurden sie auf den eigenen Anwesen etwas herausgefüttert und nach und nach geschlachtet, so dass die ganze Einwohnerschaft von Dörfles preiswertes Fleisch bekam.

Spitzbuben

Nach dem verlorenen Krieg war die Moral der Bevölkerung sehr gesunken, Diebstähle waren an der Tagesordnung. So wurden am 20. September 1919 dem Bauern Böhm die Gänse gestohlen, ebensolchen Verlust hatte auch der Lehrer Wilhelm zu beklagen. Das größte *Wildweststück* leiste-

108

ten sich aber Spitzbuben auf dem Rittergut Neudörfles.

Nach Aufzeichnungen von Lehrer Wilhelm wird der Diebstahl so geschildert: In der Nacht auf den 27. Juli 1920 drangen Diebe ins Rittergut Neudörfles ein. Auf dem Gut herrschte zu dieser Zeit die Maul- und Klauenseuche, ebenso wie in Dörfles. Dadurch lenkte sich die Aufmerksamkeit des Gutsbesitzers auf die Rinderställe, die auf der Ostseite des Gutes lagen, während die Pferdeställe nach Westen zu weniger beachtet wurden; auf diese hatten es die Diebe abgesehen.

Am 28. früh waren aus dem Pferdestall 4 Ackerpferde mit vollem Geschirr und Decken, dazu noch ein Kutschwagen, Break genannt, verschwunden. Wie festgestellt wurde, haben nachts zwischen 11 und 12 Uhr vier Männer von der Westseite her die Stalltüre des Gutes geöffnet und die Pferde, nachdem sie die Pferdehufen mit Säcken umwickelt hatten, auf die Wiese geführt und an den Wagen gespannt. Über einen Kartoffelacker wurde die Straße erreicht. Das seltsame Gespann, 2 Pferde vorne und 2 Pferde hinten am Wagen, wurde in Coburg an der Ecke Coburger Hof von einem Polizisten bemerkt, doch schöpfte der keinen Verdacht.

In Creidlitz bogen sie nach Triebsdorf ab. Bis dorthin konnte ihre Durchfahrt im scharfen Trab festgestellt werden. Trotzdem am anderen Morgen die Verfolgung mit Autos aufgenommen wurde, blieben sie verschwunden. Der Rittergutsbesitzer Ulmann setzte eine Belohnung von 3000 Mark aus, aber vergebens. Später hat man gemunkelt, dass Betriebsangehörige am Diebstahl beteiligt gewesen seien. Aber heraus kam nichts.

Quellenhinweis:
Auszüge aus den "Erinnerungen" von Hermann Büchner, Dörfles-Esbach. Die alten Fotos wurden mir freundlicherweise von Harald Büchner aus dem Archiv seines Vaters, Herman Büchner, zur Verfügung gestellt.

110

DAS SCHMIEDSKREUZ

Sage aus dem Coburger Land

Hinter dem Dorf Weitramsdorf bei Coburg liegt der Weiler Gersbach. Dort ist heute noch das Schmiedskreuz zu finden zur Erinnerung an eine grausige Tat.

Es war im Dreißigjährigen Krieg. Der Schmiedsfrieder von Gersbach war weit und breit als tüchtiger Huf- und Nagelschmied bekannt und

wohl geachtet. Er konnte aber auch Flinten- und Kanonen reparieren, hatte viele Aufträge und musste nach und nach drei Gesellen einstellen.

Eines Tages fand er auf der Bank neben der

111

großen Hofbuche ein etwa achtjähriges Mädchen sitzen, zerlumpt, abgemagert und frierend. Nur mit Mühe konnte der Schmied erfahren, dass die Schweden die Eltern des Kindes erschlagen und den Hof niedergebrannt hatten. Das Mädchen irrte seitdem hungernd umher. Da der Schmied im Grunde seines Herzens ein gutmütiger Mann war, nahm er das Waisenkind in sein Haus auf und blieb entschlossen, das Kind immer bei sich zu behalten. Nach zehn Jahren war der grausame Krieg endlich zu Ende gegangen. Die Gesellen hatten sich in Ummerstadt, Tambach und Weitramsdorf eigene Werkstätten eingerichtet und waren tüchtig beschäftigt, die Pflüge, Eggen und Ackerwagen der Bauern wieder herzurichten. Das Findelmädchen des Schmiedsfrieder war zu einer blühenden Jungfrau herangewachsen und mancher Bursch hätte sie gerne zur Frau gehabt. Auch die drei Gesellen warben um ihre Gunst, und der Gersbacher Schmied hätte gerne gesehen, wenn einer der drei als sein Schwiegersohn in die Schmiede nach Gersbach zurückgekehrt wäre. Aber das Mädchen ließ sich von allen dreien den Hof machen. Schließlich verlangten die Burschen, dass sich das Mädchen für einen entscheiden sollte, darum bestellte es die Gesellen an einen Ort im Wald und erklärte, sie wolle dem angehören, der sich im Kampf untereinander als der Stärkste erweise.

Wutentbrannt stürzten die drei Burschen aufeinander los, zuletzt griffen sie ihre Messer und

112

stachen wild um sich, bis alle drei tot am Boden lagen. Ihr Blut färbte den Rasen rot. Seelenruhig ging das Mädchen daraufhin nach Hause und erzählte dem Meister die Begebenheit. Über solch leichtfertiges Tun geriet der Schmiedsfrieder in solchem Zorn, dass er eine Eisenstange packte und damit das Mädchen totschlug.

Unter der Buche schaufelte er das Grab und legte sie in die kühle Erde. Dann zündete er Haus und Hof an, dass die Flammen zum Dach hinaus schlugen. Von dieser Zeit an wurde der Schmiedsfrieder nie mehr gesehen. Die Buche unter der das erschlagene Mädchen ruhte, ist bald verdorrt. Tief im Wald steht heute noch das Steinkreuz, das die Freunde der drei Gesellen zum Gedenken setzten.

Quelle: Andreas Stubenrauch

113

Das steinerne Kreuz im Gersbacher Hain

Gedicht von August Köhler

Es steht ein Kreuz von Steine,
Von Eichen überdeckt,
Bei Gersbach in dem Haine,
Das Nachts die Wandrer schreckt.

Da hallt vom ersten Dämmern
Der stillen Abendpracht
Ein Wimmern und ein Hämmern
Bis in die Mitternacht.

Es blühte eine Schmiede
Im Thal vor grauer Zeit,
Von trotzigem Gemüte
Darin die schöne Maid.

Und drei Gesellen rangen
Nach ihrer Lieb' und Gunst,
Doch alle drei bezwangen
Nicht ihre List und Kunst.

Bald war sie dem ergeben,
Bald war sie jenem hold
Und hat doch keinem eben
Von Herzen wohlgewollt.

Sie machte einem Jeden
Die andern Zwei' verhasste
Und hielt mit argen Reden
Zu hetzen keine Rast.

Einst lud im Mondenscheine
Sie in den nahen Hain
Die Einzelnen alleine
Zum trauten Stelldichein.

Und sah im Geist die Schwielen
Schon von dem heißen Strauß,
Doch ihre Ränke fielen
Zum ew'gen Fluche aus.

Am andern Morgen ruh'te,
Mit Wunden überdeckt,
In reich vergoss' nem Blute
Das Kleeblatt hingestreckt.

Das brachte sie von Sinnen,
Und Wuth ergriff ihr Herz,
Die Sünd'rin schied von hinnen
In ärgstem Todesschmerz.

Gar mancher Jagdgeselle
Hat mit den Drei'n bei Nacht
An der verwünschten Stelle
Bekanntschaft wohl gemacht.

Zwei Mädchenarme ringen
Am Boden sich im Kampf,
Drei blut'ge Männer schwingen
Die Hämmer hoch im Kampf.

Das ist, folgst du dem Klange,
Das schreckliche Gesicht:
Hörst du den Klang so bange,
geh' heim und folg' ihm nicht!

Quellenhinweis: Günther, J. - Großes poetisches Sagenbuch des deutschen Volkes, Jena 1844

DAS TÄGLICHE BROT

Geheimnisse und Aberglaube um das tägliche Brot.

Früher galt es als Sünde, von dem kostbaren Brot etwas verkommen zu lassen Die ältere Generation erzählt immer wieder, welch große Achtung man früher vor dem Brot hatte.

Die Kinder wurden im Besonderen zur Wertschätzung des Brotes angehalten. Sie konnten ja unmittelbar noch erleben, unter welch großen Mühen das Getreide heranwuchs, geerntet, gedroschen und wie das Gemahlene zu Brot gebacken wurde. Es galt als Sün-  de, von dem kostbaren Brot etwas verkommen zu lassen oder gar wegzuwerfen. Man hat stets darauf geachtet, dass nicht zu viel Brot geschnitten wurde. Der Rest wurde zur Brotsuppe verwendet

117

Die hohe Achtung gegenüber dem Brot gebot es auch, dass nach altem Brauch der Laib vor dem ersten Anschnitt auf der Unterseite mit der Messerspitze bekreuzigt wurde. Und da man im Brot und in jeder Speise gleichsam eine Gottesgabe sah, versäumte man es nicht, vor und nach der Mahl-

zeit zu beten. In vielen Bauernhäusern war es Brauch, stehend oder kniend für Speis und Trank zu bitten und zu danken. Daran mussten sich auch die Dienstboten halten. Sie durften nicht

118

eher aufstehen, bis der Bauer das abschließende Dankgebet gesprochen hatte.

Seit auf dem Bauernhof das Brot vom *Beck* (Bäcker) gekauft wird, ist die enge Bindung zum Brot, die einst das eigene Backen bewirkt hatte, verloren gegangen. Es hat bei früheren Generationen noch beim Empfang von Besuchen im Haus eine Rolle gespielt. Es war der Ausdruck des Willkommenseins, wenn die Bäuerin für den Besuch den Brotlaib aus der Tischschublade nahm und dem Gast ein Stück abschnitt. Man nannte dieses die *Haus-Ehr* geben. In anderen Häusern war es Brauch, dem Gast Brot und Messer zur Selbstbedienung auf den Tisch zu legen. Wer dieser wortlosen Einladung nicht nachkam, der, so glaubte man, trage den Schlaf, das heißt die Ruhe und den Frieden, aus dem Haus.

119

DER TOTENGRÄBER VON OTTOWIND

Eine Sage aus dem Coburger Land aus mündlicher Überlieferung.

Gemeinde Meeder, Ortsteil Ottowind

Im Dorf Ottowind auf den *Langen Bergen* lebte vor langer Zeit ein Totengräber und man wusste nicht festzulegen was größer war, seine Hässlichkeit oder Bösartigkeit.

Er war von langer, magerer vorwärts gebogener Gestalt, schielenden Augen, fuchsroten, borstigen Haaren, und seine schnapsversoffene große Klumpnase saß in seinem gelben Gesicht. Gleich einem Werwolf, Vampir, wich man ihm aus, wie einem, der Unglück bringt, wenn man ihn nur ansieht.

120

Gewöhnlich ging er zornig umher, wenn niemand gestorben war.

Hatte er aber ein Grab zu machen, dann war er heiter und guter Dinge, dann grüßte er Jedermann freundlich, dann hob er oft seine Schnapsflasche, dann sagte er mit Bedeutung und grüßend den in dortiger Gegend üblichen Spruch zu den Trauernden: »Ich wünsche euch Glück zu eurem Leid«. Lustige Sauflieder sang er, wenn er ein Grab aushob, und wenn er einscharrte, dann schimmerte in seinem Gesicht die scheußlichste Seelenlust.

An einem heiligen Dreikönigstag morgens. Schnee bedeckte die Fluren, gebar ihm seine Frau, die ihn nur geheiratet hatte, weil sie bis dahin in großer Armut lebte, einen gesunden munteren Knaben, und seine Freude war sehr groß. Aber nicht deshalb, dass ihm Gott ein Kind geschenkt hatte, sondern weil am Nachmittag eine Wöchnerin, der er früher den Hof gemacht hatte und die ihn mit Abscheu von sich gewiesen hatte, begraben werden sollte. Er war ihr seitdem spinnefeind geworden.

Als der Leichenzug sich wieder in das Trauerhaus zum dort üblichen Leichenschmaus begeben hatte und der Totengräber sich allein befand,

121

schleuderte er voll heftiger Wut Erdschollen die Grube hinunter auf den Sarg, dass dieser einen schauerlich dumpfen Ton von sich gab, und rief im bittersten Spot: „Stolze, schöne Anna Margaretha, hier bette ich dir ein weiches Hochzeitslager in einem prächtigen Palast. Hier sind Würmer deine Knechte und Mäuse deine Mägde und pflegen werden sie dich nach Herzenslust. Hier ist es schön dunkel zum Kosen und Umarmen, schöne Anna Margaretha, und du schaust nicht mehr das verabscheute Gesicht des Totengräbers, oder hast du Lust mit mir zu tanzen, du warst ja immer die schnellste Tänzerin, so stehe ich dir zu Diensten, um dir zu zeigen, wie leicht ich eine Beleidigung vergesse". So sprach er in seiner Wut und noch nie hatte er so schnell ein Grab aufgefüllt.

Am selben Tag saß er nachts um 11 Uhr am Bett seiner schlummernden Frau in schlimmen Gedanken versunken, als sich die Tür öffnete und eine Frau in einem Leichengewand eintrat. Sie ging starr auf den Dasitzenden zu und sagte mit hohler Stimme: „Du hast mich zu einem Tanz aufgefordert, ich erwarte dich nun auf dem Friedhof".

Tanze mit dem Teufel, aber nicht mit mir brüllte der Totengräber, dass seine Gattin erwachte. Aber die Gestalt winkte ihm mit dem Finger und verschwand. Er sagte seiner Frau nicht, was vorgefallen war.

Am anderen Tag früh besah er das Grab, es war, wie er es verlassen hatte. Nachts um 11 Uhr erschien wieder die Gestalt und sagte drohend: Ich erwarte dich sicher zum Tanz, kommst du morgen nicht, dann hole ich dich, ich werde dich finden egal wo du die verbirgst. Sie winkte wieder und heftiger und verschwand.

Am dritten Tag ging der Totengräber wie ein Geistesverwirrter umher. Er sprach verstört und irrsinnig. Seine Frau war sehr besorgt um ihn. Er gab ihr aber auf ihre Fragen, ob er krank sei und was ihm widerfahren sei, keine Antwort. Immer eifriger trank er aus der Schnapsflasche, und als es nachts elf Uhr geschlagen hatte, ließ es ihm keine Ruh und Rast mehr. Er stürzte mit der Flasche in der Hand aus der Stube.

Am vierten Tag früh suchten die Leute von Ottowind, auf Bitten seiner Frau nach ihm. Als sie auf den Kirchhof kamen, sahen sie um ein Grab ringsum den Schnee, wie von Tanzenden niedergestampft, das Grab geöffnet, den Deckel vom Sarg abgeworfen und den Totengräber auf der vor drei Tagen begrabenen Wöchnerin liegen. Er war tot und auf seinem Gesicht lag tiefgefrorener Schweiß. Die Schnapsflasche stand leer neben ihm.

Der Friedhof von Ottowind befindet sich zwischen dem ehemaligen Schulgebäude und der Kirche und war mit einer Mauer umgeben. Vor vielen Jahrzehnten stand dort ein verwitterter Stein, auf welchem eine Frau mit einem Totenkopf und in einem Leichengewand eingehauen war. Sie tanzte mit einem hässlichen Mann mit einer Flasche in der Hand. Daneben war ein Grab geöffnet, und an dessen Rand lagen Hacke und Schaufel.

Auf der unteren Seite war folgende Inschrift zu lesen:

> *Mit Toten frevle nicht,*
> *Dich trifft ein ernstes Gericht;*
> *Nicht Sünde auf dich lad,*
> *Gott geb' der Seele Gnad.*

DIE EDELFRÄULEIN AUF DER FÜRTHER BURGRUINE

Eine Sage aus Fürth am Berg

An einem linden Sommerabend stieg einmal ein Fürther Bursche zur Burgruine hinauf. In der Nähe des Gemäuers erblickte er plötzlich drei wunderschöne Edelfräulein. Sie waren von herrlichem Wuchs, mit sonnenklar leuchtendem Antlitz und prächtigen Gewändern erschienen, eine immer schöner als die andere. Sie waren wohl schon manchem erschienen, aber keiner hatte den Mut zu bleiben, immer waren sie weggelaufen.

Der junge Mann ließ sich nicht erschrecken, beherzt ging er auf die drei freundlich winkenden Gestalten zu. Als er ganz nahe bei ihnen war, bemerkte er zu seinem Erstaunen, dass die Edelfräulein in großen Sieben eifrig Flachsknoten siebten. Schließlich forderten sie ihn auf, näher zu treten

125

und zuzulangen. Er wusste zwar nicht, was er mit den Flachsknoten anfangen sollte, langte aber eifrig zu, um die feinen Damen nicht zu kränken. Dann bedankte er sich und ging wieder seines Weges.

Das Erlebnis schien ihm so sonderbar, dass er nicht wagte, auf dem Heimweg in die Taschen zu greifen. Als er vor der Haustür ankam, wurden ihm plötzlich die Taschen immer schwerer. In der Stube zündete er ein Wachslicht an und breitete die Flachsknoten auf dem Tisch aus. Aber wie staunte er da - die Knoten hatten sich zu purem Gold verwandelt, ein ungeheurer Reichtum lag vor ihm. Außer sich vor Freude rannte er zu seiner Braut, die er bisher aus Armut nicht heiraten konnte, und erzählte ihr von seiner sonderbaren Begegnung und seinem plötzlichen Reichtum. Nun waren beide reich, konnten sich einen großen Hof kaufen, heiraten und glücklich sein. Als sich die Geschichte herumgesprochen hatte, ging so mancher Bursche heimlich hinauf zur Burgruine, um vielleicht unverhofft auf die Edelfräulein zu stoßen. Aber keinem erschienen sie, nur hörten die Leute an warmen Sommerabenden ein liebliches Singen, frohes Lachen und zärtliche Musik.

126

GEFÄHRLICHE ABENTEUER IN DER ZISTERNE AUF DER VESTE COBURG

Geheimnisse um ein Bauwerk

Auf der Veste Coburg befindet sich eine Zisterne, die im Jahre 1531 von Cunz Krebs in feinen Renaisanceformen geschaffen wurde. Um diese Zisterne ranken sich so manche Geschichten. Heute möchte ich von einer Erzählung, die von Otto Mäder, Coburg verfasst wurde, berichten.

Heimkehr von der Silvesterfeier

Die Silvesternacht 1818/19 war verklungen. Still lag die Stadt Coburg im silbernen Glanz des Mondlichtes und einer glitzernden Schneedecke. Ein leichter Wind wehte ein paar weiße Flocken um die Mauern der alten Veste. Gleichgültig und gelangweilt saß der Torwächter in seinem Stüblein. Es war nach zwei Uhr morgens. Plötzlich hob er aufmerksam den Kopf. Waren da nicht Schritte zu vernehmen? Ja freilich! Und schon klopfte es an das mächtige Holztor. Knarrend öffnete sich das Pförtlein. Feldwebel Deutschmann, der mit Freunden und Kameraden im *Weißen Ross* gefeiert hatte, trat müde und leicht angetrunken in das Burginnere. Man hörte ein »Prost Neujahr«, ein unverständliches Gemurmel, ein kurzes Auflachen. Dann war es wieder still. Unter den Stiefeln des Heimkehrenden knirschte der Schnee. Langsam stieg der junge Mann zum Burghof empor, trat in das Nebengebäude für die Festungsbesatzung, kleidete sich lässig aus und warf sich gähnend auf sein Lager.

Gleich konnte Deutschmann nicht einschlafen. Aber dann drang sein lautes Schnarchen in die Stille des Burghofes. Doch was war da draußen plötzlich los? Waren die Burggeister wach geworden, um die Fenstungsbewohner mit tollem Spuk in das neue Jahr schweben zu lassen? Eine Menge merkwürdiger Gestalten in der Kleidung aus der

128

Zeit des Herzogs Casimir huschten schattenhaft von Gebäude zu Gebäude, spielten mit den wirbelnden Schneeflocken und dem leicht flimmernden Mondlicht, hüpften und tanzten lachten und seufzten, bis sie schließlich alle zu der altehrwürdigen Zisterne drängten, um Brote, Butter, Schinken, Käse und gefüllte Weinkannen in die Tiefe zu seilen. Ein merkwürdiges Spiel! Wer sind sie, diese Geister und Kobolde? Sehen sie nicht gar aus wie herzogliche Diener? Wie Diener des längst verstorbenen Herzogs Casimir? Ist nicht sogar der Hofnarr, der kleine Jakob, dabei? Ja sicher! Gerade schreitet er auf die Zisterne zu, schäkert und lacht: »Ihr wollt wohl in die Hölle steigen? Seid reif dazu. Hoffentlich gibt euch der Teufel wieder frei!«

»Halte deinen Mund, du Narr!« schreit da einer dazwischen, »weißt du nicht, daß wir für den Herzog im Zisternengewölbe den Tisch decken?

129

Vom Schacht aus führt eine kleine Öffnung in eine große steinerne Kammer, in der sich in Regenzeiten die Hauptmenge des Wassers sammelt. Doch jetzt ist da unten alles leegeschöpft. Ein ganz schöner Raum! Da hinein bringen wir für ihre Durchlaucht und seine Gäste ein feines Frühstück: Brot, kaltes Wildbret, Butter, Eier, Schinken, Gurken und noch mehr. Ein Fäßlein Bier und mehrere Kannen Wein dürfen nicht fehlen. Kannst mit hineinsteigen und uns helfen. Der Grund ist felsig, da versinkst du nicht.Zwei Ellen von unten herauf ist der Einstieg. Du bist klein, du kommst leicht hinein, du lächerlicher Zwerg. Etwa dreißig Fuß ist die Zisterne tief. Warte, gleich werde ich dich Angsthasen hinunterseilen.«

Bei diesen Worten hat der Spötter blitzschnell das in seinen Händen ruhende Seil um den Hals des kleinen Jakob geschlungen und halb zusammengezogen.

»Au! – Au! – Hil-fe! – Hil-fe!« Über den ganzen Burghof schallt das erbärmliche Geschrei des um sein Leben Zitternden und

– erschreckt wacht Feldwebel Deutschmann auf, dehnt und reckt sich in seinem Bett, reibt sich die

130

Augen und schaut ins helle Zimmer. – Es war alles nur ein Traum!

Des Feldwebels Plan

Noch etwas schwer ist der Kopf vom gestrigen Abend. Aber trotzdem steht der Langschläfer rasch auf und zieht sich an. Es ist schon neun Uhr. Aber das macht nichts; denn heute ist ja kein Dienst. Beim Anziehen geht ihm der Traum noch einmal durch den Kopf.Wie konnte man nur auf solches Zeug kommen? Sicher deswegen, weil gestern am Biertisch ein alter Coburger behauptet hatte, daß sich an den Schacht der alten Zisterne eine Gewölbekammer anschließt, die ziemlich groß sei und in der Herzog Casimir oft gefrühstückt und gezecht habe; da unten sei es vor allem in heißen Sommern recht angenehm gewesen.

Sinnend stand der Feldwebel von seinem Stuhl auf. Im Gebäude nebenan gab es die Morgensuppe. Deutschmann löffelte sie alleine; denn die anderen Soldaten waren schon früher dagewesen. Einige Gefreite kamen zum Saubermachen. »Wir wünschen dem Herrn Feldwebel ein frohes neues Jahr«, lautete der heute etwas zwanglosere Gruß.

»Danke! Euch auch!«, erwiderte der noch immer stark mit sich selbst Beschäftigte und dachte dabei erst daran, daß man ja ab heute das Jahr 1819 schrieb.

Draußen wirbeln leichte Flocken. Sie stören

131

nicht weiter, wenn man über den Hof schreitet, und wenige Minuten später sehen wir den nächtlichen Träumer sinnend an der Zisterne lehnen. »Unmöglich!« brummt er vor sich hin. »Unmöglich!

Da klopft ihm sein Freund der Unteroffizier Weber, auf die Schulter: »Im neuen Jahr ist gar nichts unmöglich! Zunächst einmal alles Gute! Was hast du denn für Kummer, gleich heute am 1. Januar?«

Das Gewölbe in der Zisterne

Der Feldwebel hebt etwas überrascht den Kopf, schaut verwundert auf und beginnt zu lächeln: »Ja weißt du, Fritz, ich habe in letzter Zeit öfters im *Weißen Ross* gesessen.« Und mehrmals haben alte Coburger versichert, die Zisterne hätte nebenan über dem Grund ein großes Sammelgewölbe. Da könnte man hineinsteigen. Herzog Casimir hätte darin sogar öfters mit seinen Gästen gefrühstückt und Trinkgelage gehalten.

»Was meinst du dazu? Ich kann es nicht glauben und trotzdem hat mich die Sache heute Nacht nicht losgelassen. Ich habe davon geträumt und gesehen, wie die Diener das Frühstück herbeischafften. Sogar der kleine Jakob, der Hofnarr, war dabei. Schade, daß mich sein albernes Schreien aufgeweckt hat! Ob nur an der Geschichte etwas Wahres ist? Was für eine Ansicht hat du?«

Nachdenklich wiegte der leicht abergläubische Fritz Weber den Kopf und schmunzelte: »Du, was man in den zwölf heiligen Nächten trämut, soll wahr sein. Jedenfalls hat es meine Großmutter immer gesagt! Deutschmann drehte mit der Hand an seinem Schnurrbart und schaute missvergnügt in die dunkle Wasserbrühe: »Da muss ich eines Tages hinuntersteigen. Aber wie hineinkommen? Dreißig Fuß tief! Alles voll Wasser und voll Schlamm! Und dann möchte ich den Brunnen nicht allein ausschöpfen. Schließlich würde der Kommandant das alles kaum erlauben. Aber ich muss in die Zisterne, ich muss in den Schacht! Ich muss sehen, was dort unten los ist. Ich muss, ich muss! Freilich dafür seine schöne Freizeit opfern und sich noch unnütz in Gefahr begeben …?«

Fritz lächelte verschmitzt. »Wozu ist denn die

Dienstzeit da? Hans, das musst du viel schlauer anfangen. Geh doch zum Kommandenten und sage ihm, die Zisterne sei ewig nicht gereinigt worden, das Wasser würde immer mehr verschmutzen. Der Schacht müsste endlich einmal wieder gesäubert werden. Jetzt sei die richtige Zeit dazu, der Winter sei heuer nicht zu kalt und im Sommer könnte man es nicht durchführen, weil man da das Regenwasser dringend brauche. Dann kannst du deine Leute mit einsetzten und dich da unter einmal gründlich umsehen. Bei dieser Gelegenheit wirst du schon deine Entdeckungen machen können. Ich weiß doch, das du alles ergründen musst.«

»Aber Fritz dichthalten, verstanden! Der Kommandant darf nicht merken, daß es mir auf ein tolles Abenteuer ankommt. Ich kann mich doch auf dich verlassen«, meinte Deutschmann.

»Jederzeit!«, lautete die Antwort. Dann fuhr Weber fort: »Den Kommandanten kriegen wir leicht herum. Zunächst werde ich einmal in Gegenwart seiner Frau so ganz unauffällig erwähnen, daß das schmutzige Regenwasser doch gar nicht mehr für die Wäsche zu gebrauchen sei und … na ja, verstehtst du mich? Wenn wir dann die Kommandantenfrau für unseren Plan gewonnen haben, gibt es keine Schwierigkeiten mehr. Man muss nur etwas schlau sein. Doch das bleibt alles unter uns.«

134

Ein gegenseitiger Händedruck und die beiden begeben sich wieder in ihre Unterkünfte. Dort saß Deutschmann noch kurze Zeit sinnend an seinem Tisch. Es war schon ein brauchbarer Kerl, dieser Feldwebel, und was er sich einmal vorgenommen hatte, daß ließ ihn nicht mehr los. Scharf leuchteten seine hellen Augen. Das dunkelblonde Haar und die etwas gedrungene Nase gaben ihm ein energisches Aussehen. Man sah, daß er keine ängstliche Natur war und das auszuführen verstand, was ihm durch den Kopf ging. Dewegen hatte er beim Kommandanten auch einen Stein im Brett.

Eine gefährliche Arbeit

Etwa eine Woche später – es war ein milder Januartag – herrscht an der Zisterne Hochbetrieb. Vier bis sechs Soldaten hantierten eifrig mit Seilen, Eimern und Winden. Selbstverständlich fehlte es auch nicht an Neugierigen. Langsam leerte sich der tiefe Schacht, bis man auf lauter Schlamm stieß. Doch was jetzt tun? Da ließ sich ein besonders Mutiger am Seil hinter. Frei hängend schöpfte er Eimer um Eimer voll, die die anderen Kameraden vorsichtig nach oben zogen und auf dem großen freien Platz in sauberen Schnee kippten. »Schöne Suppe, so eine Brühe! War wirklich höchste Zeit!«, meinte Kommandant von Boxdorf, der gerade hinzugetreten war. »Aber bis wir Männer auf so etwas kommen. Da müssen uns die

135

Frauen mit der Nase darauf stoßen. Na, jedenfalls Zeit, daß der ganze Morast einmal herausgeräumt wird. Gebt acht, daß niemand zu Schaden kommt. Heute Nachmittag wird sich Durchlaucht die Sache auch einmal ansehen.«

Als von Boxdorf und Herzog Ernst I. am Nachmittag im Burghof erscheinen, sind alle fleißig am Werk. Interessiert schauen die beiden hohen Herren eine Zeitlang zu. Soeben sind sie wieder weggegangen, als einer der Soldaten im Schacht zu fluchen anfängt: »Schweinerei! Der Schlamm will gar kein Ende nehmen. Es muss doch immer neuer zulaufen. Woher er nur kommt!«

»Da muss ich mich selbst einmal umsehen«, meinte Deutschmann und lässt sich mit einem alten Anzug in die dunkle Tiefe. Es vergeht eine gewisse Zeit, bis man wieder etwas von ihm hört. Aber dann vernimmt man seine kräftige Stimme. »Aha«, ruft er nach oben, »nun bin ich befriedigt! Ich habe gefunden, was ich gesucht habe. Ich stehe vor dem Gewölbe, von dem die alten Coburger erzählen. Seilt eine zweite Laterne herunter!« Das spärliche Licht reicht, um das Nötigste zu erkennen. Glückstrahlend lässt sich der mutige Entdecker wieder nach oben ziehen. Tropfnass und verschmiert steigt er über den Mauerrand ans Licht. Seine Augen leuchten, bald wird er im »Weißen Ross« von seinem Abenteuer berichten können.

Schlimm freilich sieht der Soldat aus, der unten

geschöpft hatte. Vom Anzug tropft der stinkende Schlamm, im Gesicht hängt der Dreck, die Augen sind kaum zu erkennen. Die Haare sind verklebt, die Stiefel stecken im schwarzen Brei. »So sieht ein Schlammgeist aus«, witzelt einer der Umstehenden. »So ein Unfug«, brummelt ein anderer, »das muss jetzt im Januar bei diesem Wetter sein, und wenn die Leute dabei vor die Hunde gehen.« –

Nach etwa zehn Tagen kratzen vier Soldaten den letzten Schlamm vom Gewölbe in den Schacht hinein, wo er eingeschöpft wird, um die kurze Reise zum Licht anzutreten. Die einfachen Sturmlaternen bereiten dabei nicht immer allzu viel Freude. Wenn eine erlischt, lässt man sie sofort nach oben seilen und durch eine andere ersetzen. Sonst kann es geschehen, wie vor einigen Tagen, daß man plötzlich tief unter der Erde im Dunkeln sitzt und mit Angst und Herzklopfen auf Licht und Befreiung hofft. Das war tatsächlich ungemütlich. Der Peter hat laut »Hilfe« geschrien und wir wussten nicht, sollten wir dazu lachen oder weinen. Ich möchte es nicht noch einmal mitmachen. So brummte einer der merkwürdigen Bergleute. Dann fügte er hinzu: »Im übrigen wird es Zeit, daß diese elende Schmierarbeit zu Ende geht. Ich habe sie gründlich satt. Und jedes mal, wenn man nach oben kommt, kann man eine halbe Stunde überhaupt nicht mehr richtig sehen. Ganz geblendet ist man von dem Licht. Es ist schon etwas viel, was uns der Kommandant und der Feld-

137

webel zumuten.«

Ende Januar konnte Deutschmann dem Herrn von Boxdorf melden, dass das Gewölbe und der Zisternenschacht restlos gesäubert seien und erhielt dafür ein großes Lob. Die Soldaten aber durften erst einmal in Urlaub fahren und daheim ihren Bräuten von dem Abenteuer in der Zisterne erzählen.

Alte Gedenktafeln im Gewölbe

Feldwebel Deutschmann aber ließ sich noch einmal hinunterseilen, um mit ein paar Helfern im Gewölbe eine Tafel anzubringen. Auf ihr stand: »Im Januar 1819 ließ der Herr Feldwebel Deutschmann die Zisterne reinigen.« Diese Tafel leistet von nun an den anderen Tafeln Gesellschaft, die man im Gewölbe vorgefunden hatte. Eine wappengeschmückte Bronzetafel verkündete, daß Herzog Albrecht am 17. März 1696 »diese Cistern in hoher Person besichtiget und bestichen« habe. Andere Tafeln vermerkten Besuche aus den Jahren 1736, 1750, 1760, 1785 und 1788. »Schade, daß von Herzog Casimir nichts vermerkt ist«, meinte Deutschmann zu seinem Begleiter im Gewölbe. »Aber ich bin überzeugt, daß auch er schon hier unten war und daß mein Traum bestimmt etwas Wahres enthält. Dann nahmen sie Abschied von dem unheimlichen Gewölbe, daß nach unseren heutigen Maßen 7,5 m lang, 4,5 m breit und im Scheitel 3 m hoch ist. Der Schacht ist 9 m tief und gibt 70 cm über dem felsigen Grund den Zugang zu der dunklen Kammer frei.

Nun, 133 Jahre lang hat kein Menschen Fuß mehr das Gewölbe betreten. Dann aber musste die Zisterne wieder gereinigt werden. Bei Kriegsschluss 1945 hatten die Soldaten viel scharfe Munition hineingeworfen. Sie sollte herausgeräumt werden. So stiegen denn 1952 wieder mutige Männer in den Schacht und entdeckten dabei das Gewölbe mit den Tafeln. Auch Dr. Vogt scheute das Abenteuer nicht und machte sich dabei wertvolle Notizen.

Die Zisterne im 2. Innenhof der Veste

Vom Alter der Zisterne

Dr. Vogt fand im Gewölbe an einem Stein auch die Jahreszahl 1531 und die Buchstaben CK. Man hat herausbekommen, daß die Zisterne in dem betreffenden Jahr von dem damals bekannten Baumeister Cunz Krebs geschaffen wurde.

Steigt zu unseren stolzen »Fränkischen Krone« empor und lasst euch an einem stillen Sommerabend von der Zisterne aus längst vergangenen

140

Tagen erzählen:

In meines Leibes tiefen Schacht
herrscht ewig rabenschwarze Nacht.
Doch viele stiegen mutig ein
zum Dunkelraum aus nassem Stein.
Und im Gewölbe unten just
da zechten sie nach Herzenslust.
Ich weiß von manchen tollen Sachen,
ich hörte sie tief unten lachen,
ich hört' sie plaudern, rufen, schrei`n
beim Frühstück und beim kühlen Wein,
und laut befahl Herr Casimir:
»Schenkt ein, schenkt ein,
uns schmeckt das Bier!«

Quellenhinweis:
Heimatkundliche Lesebogen für das Coburger
Land, Nr. 7/8, Juli/August 1963. Redaktionelle Be-
arbeitung: Andreas Stubenrauch, Mönchröden.

DER TREUE PÖPEL

Eine Sage aus der Ortschaft Meeder im Coburger Land

In dem Dorf Meeder, durch dessen ganze Länge ein breiter Bach fließt, stand vormals ein altes Haus, in welchem zur Nachtzeit ein so entsetzliches Gerumpel und Gepolter sich hören ließ, und die Mägde und Knechte wurden in den Betten so jämmerlich geohrfeigt, dass der Besitzer desselben zuletzt für seine Arbeit gar kein Gesinde mehr bekommen konnte und sich genötigt sah, das alte Gebäude niederreißen und ein neues errichten zu lassen, denn es war ihm gesagt worden, dass dann der Spukgeist weiterziehe.

Als dann das neue Haus fertig und alles zum Einzug auf den folgenden Tag vorbereitet war, sah man abends sechs Uhr einen langen, hageren Mann am Bach gebückt sitzen und alte zerlumpte Kleider waschen. Den sonderbaren Mann, dessen Antlitz in der Spätherbstdämmerung, so viel man davon erblicken konnte, wie Spinnweben aussah, kannte kein Dorfbewohner und auch keiner von den neugierig sich versammelten Bauern hatte den Mut, den unverdrossen fortwaschenden Mann anzureden, er kam ihnen so unheimlich vor.

Da fasste sich endlich der Besitzer des neuen Hauses ein Herz, trat heran und fragte den Mann,

142

was er denn hier mache? Dieser aber fuhr, ohne aufzusehen in der Arbeit fort und sagte: „Da wasch ich mein Gehieder und mein Gefieder und morgen zieh ich auch mit ins neue Haus."

Dem Bauern traten bei diesen Worten große Angsttropfen auf die Stirn, und als er wieder hinsah, war der Mann verschwunden. Ach, er hatte es sich so viel Geld kosten lassen, den schlimmen Gast los zu werden, und nun war alles umsonst. Und wirklich ging in der anderen Nacht der Lärm womöglich noch ärger fort

Es blieb dem Bäuerlein nichts mehr übrig, als einen langen Eichenstock aus der Uhrkastenecke hervorzuholen und in das Stift Würzburg zu reisen, woher er einen Mönch, welcher ein weiser Mann oder Pöbelträger* war, mitbrachte.

Dieser besprach den Poltergeist, steckte ihn in einen geweihten Sack und trug ihn nach Rottenbach in den Fichtenwald, wo er ihn an einem Baum festband. Seit der Zeit war Ruhe im Haus.

ÜBER DEN AUTOR

Der Autor Ulrich Göpfert wurde im Jahre 1949 in Coburg geboren und ist seit 1951 in Dörfles-Esbach zu Hause.

Ulrich Göpfert absolvierte eine Ausbildung zum Industriekaufmann und übte diesen Beruf in der Bauwirtschaft und in der Eigenschaft eines kaufmännischen Leiters, sowie Lohn- und Finanzbuchhalters aus.

Schon frühzeitig war er als Journalist mit Kamera und Stift unterwegs und zählte seinerzeit zu den jüngsten Reportern der damaligen Coburger Presselandschaft. Mittlerweile genießen Göpferts Fotos einen ausgezeichneten Ruf hinsichtlich Authentizität und Originalität.

Göpfert befindet sich im Ruhestand und widmet sich ganz und gar seiner seit der Schulzeit gepflegten Leidenschaft der Heimatpflege. Sein Internetportal ist weit über Coburgs Grenzen hinaus bekannt und ein wichtiger Faktor innerhalb der Nachrichtenbörse im Landkreis und darüber hinaus.. Nicht nur Historisches, sondern auch Aktuelles findet man dort. Das Besondere ist, dass Göpfert seine Beiträge durch eigene Fotos bereichert und sie damit zu persönlichen Dokumenten macht. Mit diesem Band legt der Autor sein drittes Buch vor und führt den Leser unterhaltsam in die Vergangenheit.

144

DANKSAGUNG

Ganz besonders bedanke ich mich bei meiner Frau Gabriele, die sich unermüdlich auf Fehlersuche begeben hat. Mein Dank geht auch an meine Zwillingssöhne Carsten und Oliver, die mich bei der Arbeit am PC unterstützten.

Mein Dank geht ebenso an meinen Schulfreund Harald M. Landgraf, der die Geschichten arrangierte und das Buch-Layout herstellte.

Ich bedanke mich bei dem Graphiker Niklas-Philipp Gert aus Wien für das gelungene Cover.

Ulrich Göpfert
Damals war's
Sagen und Geschichten
aus dem Herzogtum
Sachsen-Coburg und Gotha

Damals war's
Sagen und Geschichten
Taschenbuch bei Amazon € 8,95
oder beim Autor (09561-68915)
ISBN 978-1501031651

Es leb' der Herr von Katzenkopf
Taschenbuch
bei Amazon € 7,99
oder beim Autor (09561-68915)
ISBN 978-1547256877

Harald M. Landgraf
Der Lebkuchenmörder
und andere Kriminalgeschichten
Taschenbuch 152 Seiten € 6,99
ISBN 978-3-7526-4135-6
überall im Buchhandel oder online
als E-Book bei Kindle-Amazon € 2,95